KB177133

The Pursuits of Philosophy

An Introduction to the Life and Thought of David Hume
by Annette C. Baier

데이비드 흄

경험이 철학이다

초판인쇄 2015. 10. 23
초판발행 2015. 10. 30
지은이 아네트 C. 바이어 | 옮긴이 김규태
펴낸이 김광우 | 편집 문혜영 | 디자인 박정실 | 영업 권순민 박장희
펴낸곳 知와 사랑 | 주소 경기도 고양시 일산 동구 중앙로 1275번길 38-10. 1504호
전화 (02)335-2964 | 팩스 (031)901-2965 | 홈페이지 www.jiwasarang.co.kr
등록번호 제2011-000074호 | 등록일 1999. 1. 23
인쇄 동화인쇄

이 도서의 국립중앙도서관 출판시도서목록(CIP)은 서지정보유통지원시스템
홈페이지(http://seoji.nl.go.kr)와 국가자료공동목록시스템(http://www.nl.go.kr/kolisnet)
에서 이용하실 수 있습니다.(CIP제어번호: CIP 2015027611)

ISBN 978-89-89007-85-2 (04800)
ISBN 978-89-89007-60-9 (세트)
값 11,800원

지혜의 씨앗 3

데이비드 흄
경험이 철학이다

아네트 C. 바이어 지음
김규태 옮김

知와 사랑

David Hume

목차

일러두기
각주는 편집자에 의한 것이며 미주는 저자에 의한 것임

저작 설명

18세에 철학의 길을 택한 흄의 첫 저서는『인간 본성에 관한 논고』이다. 1권『오성에 대하여』와 2권『정념에 대하여』는 26세(1737년) 때 완성되어 1739년 출간되고, 3권『도덕에 대하여』는 1740년 출간됐다. 이『논고』에는 '실험적 추론 방법을 도덕적 주제들에 도입하기 위한 시론'이라는 부제가 달려 있다.

『도덕과 정치 소론』(1741-1742, 1752년『정치론』추가, 1777년『도덕, 정치, 문학 에세이』로 출간)은 다년간 집필했던 글 모음집으로 정치와 경제 외에도 다양한 주제들을 망라하고 있다.

『인간 오성에 관한 탐구』(1748)는『논고』1권의 주요 논점을 정리하고 자유의지, 기적 등의 글을 추가했다. 첫 번째『탐구』의 섹션 10 "기적에 관하여"는 이후 따로 출간되기도 했다. 두 번째『탐구』로 통칭되는『도덕 원리에 관한 탐구』(1751)는『논고』3권을 개작한 것으로, 흄 스스로 자신의 저작들 중 최고로 꼽은 책이다.

『정치론』(1752)은『여러 주제에 대한 에세이와 논고』(1753-1756) 1권 '도덕, 정치, 문학 에세이'의 2부이다.『네 논문』(1757,「종교의 자연사」,「정념에 관하여」,「비극에 관하여」,「취미의 기준에 관하여」)도 『여러 주제에 대한 에세이와 논고』재판에 들어 있다. 흄은 이때부터 『자연종교에 관한 대화』를 쓰기 시작했고, 영국사 연구도 시작했다.

당대 표준 역사서로 통한『영국사』(1754-1762)는 카이사르 침입부터 1688년 혁명까지 다루며 총 100판을 넘겼다. 총 6권이며 1-2권은 스튜어트왕조 시기(1754, 1756), 3-4권은 튜더왕조 시기(1759),

5-6권은 카이사르 침입과 헨리 7세 시기(1752)를 다룬다.

『나의 생애』(1776)는 흄이 죽던 해에 『여러 주제에 대한 에세이와 논고』 신판에 넣을 생각으로 썼던 것이다. 사후 출간된 『자연종교에 관한 대화』(1779)는 세 명의 허구적 인물이 등장해서 신의 본성에 대해 논쟁을 벌이는 형식이다.

문헌 표기

이 책에 나오는 흄의 저작은 다음 약어로 표기하고 해당 권수와 페이지는 다음 출판사의 판본에 의한 것임.

E 『인간 오성과 도덕 원리에 관한 탐구*Enquiries Concerning Human Understanding and Concerning the Principles of Morals*』(3판), L.A. Selby-Bigge 편집, Peter H. Nidditch 본문 및 주석 교정(Oxford: Clarendon Press, 1975).

Ess 『도덕, 정치, 문학 에세이*Essays Moral, Political, and Literary*』, Eugene Miller 편집(Indianapolis: Liberty Press, 1985).

H 『영국사*A History of England*』(전6권), (Indianapolis: Liberty Press, 1983).

L 『데이비드 흄의 편지*Letters of David Hume*』(전2권), John Young Thomson Greig 편집(Oxford: Clarendon Press, 1939-1969).

NL 『데이비드 흄의 새 편지*New Letters of David Hume*』, Raymond Klibansky, Ernest C. Mossner 편집(Oxford: Clarendon Press, 1954).

T 『인간 본성에 관한 논고*A Treatise of Human Nature*』(2판), L.A. Selby-Bigge 편집, Peter H. Nidditch 본문 교정(Oxford: Clarendon Press, 1978).

서문

데이비드 흄의 생애는 많이 알려져 있는 편이다. 흄은 말년에 자신의 생애를 간략하게 정리해서 남겼다. 나는 책의 각장 첫머리에 그가 남긴 기록을 인용해 실마리로 삼았다. 19세기의 윌리엄 스멜리, 토머스 에드워드 리치, 존 힐 버턴, 토머스 헨리 헉슬리, 레슬리 스티븐, 윌리엄 나이트, 20세기의 윌리엄 오어, 존 영 그레이그, 어니스트 캠벨 모스너, 게르하르트 스트리밍거, 금세기의 존 로더릭 그레이엄 등은 흄의 생애에서 자신들이 노력을 기울일 만한 가치를 발견했다. 출판인 윌리엄 스트라한에게 보낸 편지를 묶은 1888년판 조지 힐의 자료집이나 흄의 사상을 다룬 20세기의 앨프리드 에이어, 리처드 프라이스, 니컬러스 카팔디 등의 저서에도 흄의 전기가 들어 있다. 카팔디는 흄이 태어나기 전해에 출간된 조지 버클리의 『인지 원리론*A Treatise Concerning the Principles of Human Knowledge*』(1710)처럼 흄에게 영향을 미친 책과, 리처드 프라이스의 『도덕의 주요 문제들에 관한 비평 *A Review of the Principal Questions of Morals*』(1758)처럼 흄을 겨냥한 비평서들을 통해 흄의 생애를 시간순으로 훑는다. 2010 년, 케네스 메릴은 흄의 생애와 당시 사회상을 통해 그를 낱낱이 파헤친다. 흄은 철학자들 가운데 전기 작가들의 영감을 자극한 최고의 인물임에 틀림없다. 그런데도 할 말이 남아 있단 말인가?

이 책을 쓴 주된 목적은 흄의 생애와 사상을 연결 짓는 것이다. 모스너와 스트리밍거의 독보적인 전기들도 흄의 생애를 사상과 연관시키고 있으며, 그레이그도 흄의 편지를 바탕으로 그의 생애와 사상을 보여주지만, 흄의 생각이 오롯이 드러나지는 않는다. 메릴의 책은 흄의 초기 저서들만 다루고 흄의 소론들과 『영국사*A History of England*』(1762)는 제외했다. 흄의 생애와 사상을 깊이 있게 아우르는 작업은 옥스퍼드 대학 출판부에서 곧 펴낼 제임스 해리스의 주도면밀한 전기에서 실현될 것이다. 그의 전기가 전문가들을 위한 것이라면, 내 책은 철학이 대체 무엇인지, 위대한 철학자의 생애는 어땠을지 궁금해 하는 일반 독자들을 위한 것이다. 그의 전기적 사실들은 자서전과 편지 그리고 여러 권의 전기에서 얻었기 때문에 새로운 사실들을 찾아냈다고 내세우지는 않겠다. 내가 여기에 쓴 글은 흄이 한 말에 대한 해설 정도로 이해하면 좋을 것이다. 그레이그에게서 더 나아간 점이라면 흄의 견해를 간략하게 정리하고 해설한 정도이다. 물론 해설에는 내 입맛이 가미되었으며, 사상의 요약조차 내 주관이 개입되어 있다. 독자마다 흄에 대한 해석과 평가가 다르다는 것은 알고 있다.

흄은 위대한 철학자였다. 비록 말년에는 역사가로 알려지길 원했지만 말이다. 그는 다른 철학자들과 달리 글재주가 뛰어났다.『영국사』에는 자신의 도덕철학적, 정치철학적 견해들이 가득하며 그런 점에서 이 책은 일종의 응용철학이라 할 수 있다. 흄은 유년기에 겪은 신경 쇠약 때문에 의사와 편지를 주고받았다. 그는 "덕과 철학을 멋들어지게 설파한"(L 1: 14) 고대 도덕철학이 인간 본성을 이해하고 그 위에서 도덕철학을 이야기한 것은 아니며, 실용윤리란 모름지기 그러한 기초가 전제되어야 하므로 인간 본성에 대한 자신의 연구는 온전히 "도덕적 결론"을 내기 위한 사전 작업일 뿐이라고 적었다. 물론 윤리에 관한 흄의 시각이 늘 같았던 것은 아니다.『영국사』안에서도 종교관례에 대한 입장 변화가 눈에 띈다. 성공회 캔터베리 대주교인 윌리엄 로드의 처형(H 5: 458-460)에 대해 우호적이었다가 책의 후반부「중세 편」에서는 전혀 우호적이지 않은 태도를 보인다. 또「튜더 편」에서는 반역자 토머스 베켓을 부관참시한 헨리 8세를 비난했지만(H 3: 254), 그 베켓에 대해서도 신랄하게 비판한다.『영국사』는 이탈리아어로 번역되기도 했지만 곧바로 흄의 저작들은 모조리 금서 목록에 올랐다(H 1: 336). 나는 흄의 생애와 저서를 살피면서 종교에 관한 입장도 추적할 것이다. 또한 그의 첫 저서의 주제인 인간 본성에 관한 견해도 다룰 것이다. 첫 저서의 접근 방법은 난해하고 포괄적이기 때문에 만약 그가 영국 통치자들을 면밀히 연구하고 여러 나라 사람들을 만난 뒤에 이 책을 썼더라면 어땠을까 하는 아쉬움이 있다. 그는 젊은 시절 영국이 완고한 편파성을 줄이고 진일보하는 데 힘을 보태고자 했지만, 결국 영국에 대해서는 끝끝내 비관적이었다.

흄은 말년에 미국 혁명을 지지했고, 이를 제압하려는 영국의 시도를 허사라고 생각했다. 그리고 벤저민 프랭클린 같은 사람이 자신의 철학과 이상을 이해해주길 바랐다. 1772년 그는 에든버러로 자신을 찾아왔던 프랭클린에게 이렇게 편지를 적었다.

저술을 시작하면서 모든 기독교인, 휘그당원, 토리당원들의 적대는 예상했습니다. 하지만 잉글랜드인, 아일랜드인, 웨일스인들까지 그럴 줄은 몰랐습니다. 스코틀랜드인도 마찬가지겠지요. 자기 고향에서 선지자가 되는 이는 없으니까요. 한편으로는 온갖 편견에도 굴하지 않는 나 자신이 위안이 됩니다. 나는 정의를 위해 아메리

카를 의지해야만 한다고 생각합니다. (L 2: 258, NL 194)

　　북미 대륙에서 시작된 흄 소사이어티의 회원 규모와
『흄 연구_Hume Studies_』 정기간행 소식을 흄이 알았다면 분명
기뻐했을 것이다. 그의 『인간 본성에 관한 논고_A Treatise of
Human Nature_』는 여러 언어로 번역되었다. 가장 최근에는 라
트비아어로 번역되었으며, 조너선 베넷은 이 책을 현대 영
어로 번역하기도 했다. 이렇게 여러 나라, 여러 언어권에서
흄을 제대로 평가하려고 노력해왔다. 이 책은 젊은 시절 흄
의 "난해한" 사고를 이해하는 소수를 위한 것이 아니다. 많
은 독자들에게 흄의 지혜를 조금이나마 전달하고자 함이다.
건전한 철학이 "사회 전체에 퍼지길" 바라는 그의 마음을
담아서 말이다.

1장
유년기

신앙을 잃고
철학을 열망하다

사내가 자기 이야기를 하면서 허풍을 섞지 않기란 쉬운 일이 아니다. 그래서 나는 간략하게만 적으려고 한다. 하긴 내 인생을 쓴다는 것 자체가 허풍이겠지만 말이다. 그래도 지금까지 문필에 종사한 사람으로서 나의 글쓰기 역사를 말하면서 다른 이야기들을 보태려고 한다. 하지만 내가 처음 성공을 거둔 글은 허풍을 떨 만한 수준이 못 되었다.

나는 율리우스력으로 1711년 4월 26일 에든버러에서 태어났다. 양친 모두 훌륭한 가문의 자손으로 부친은 홈Home 혹은 흄Hume 백작의 방계 혈통이다. 조상 대대로 영지를 물려받아 왔으며 현재 그 영지는 형이 소유하고 있다. 모친은 스코틀랜드 고등법원장이었던 데이비드 팔코너 경의 딸로 현재는 외삼촌이 호커튼 경 Lord Halkerton이란 명의를 사용하고 있다.

그렇지만 우리 집안은 그다지 부유한 편이 아니었

다. 더욱이 내가 장남도 아니므로 관습에 따라 물려받을 재산은 보잘것없었다. 부친은 다재다능한 분이었지만, 내가 어렸을 때 나와 형, 누나를 남겨두고 타계하였다. 젊고 아름다웠던 모친은 우리들 뒷바라지와 교육에 온 힘을 쏟았다. 정규 교육 과정을 성공적으로 마친 나는 일찍부터 문필에 대한 열정에 사로잡혀 있었다. 문필은 나의 열정의 대상이자 크나큰 즐거움이었다. 우리 가족은 공부를 좋아하고 성실했던 내게 법조계가 안성맞춤이라고 생각했다. 그러나 나는 철학과 일반 학문을 제외한 어떤 것에도 관심이 없었고 오히려 혐오감만 생길 뿐이었다. 그래서 가족이 내가 보에와 비니우스를 탐독하리라 생각하는 동안에 남몰래 키케로와 베르길리우스에 빠져 있었다.

앞서 흄이 언급했듯이, 그는 율리우스력으로 1711년 4월 26일(현행 그레고리우스력 기준 5월 7일. 영국은 1752년에야 그레고리우스력을 공식적으로 받아들였다) 2남 1녀 중 막내로 태어났다. 아버지는 조지프 홈(홈Home을 스코틀랜드에서는 흄Hume이라 읽는다)이고, 어머니는 스코틀랜드 고등법원의 수장 데이비드 팔코너 경의 딸 캐서린 팔코너이다. 흄은 『논고』에서 정신의 가장 강한 유대감은 자식에 대한 부모의 사랑이라고 말한다. 그는 어린 나이에 아버지를 여의었기 때문에 어머니의 사랑으로 이러한 깨달음을 얻었다. 흄의 양친은 스코틀랜드 남동부에 위치한 버윅 근교, 나인웰스의 가족 영지에서 자랐다. 이들은 홈의 아버지가 캐서린의 어머니(흄의 외할머니)를 세 번째 아내로 맞으면서 한집에서 성장했다. 엄밀히 말하자면 두 사람은 피를 나눈 사이가 아니기 때문에 근친혼은 아니지만 오누이처럼 자란 양친의 영향으로 흄이 근친혼 금지를 그토록 강박적으로 역설한 듯하다. 그는 가족 내에서 부부 외의 사람들이 육체적인 사랑을 나눈다면 가족 관계가 흐트러질 수 있기 때문에 근친혼은 금지되어야 한다고 주장했다. 이는 아마도 자기 부모의 혼전 관계를 의심했던 것 같다. 철학은 언제나 가깝고 친근한 것에 대한 의문에서 시작되는 법이다. 아버지에 대한 기억이 없는 어린 시절의 흄은 어머니를 사랑하고 존경했지만 한편으로는 그녀가 "젊고 아름다웠지만 자식 뒷바라지에 온 힘을 쏟은" 미망인이라는 점, 함께 성장한 의붓오빠를 사랑해서 남편으로 삼았다는 점을 놀라워했다. 인간사가 다 그렇겠거니 했지만, 그렇다고 무심하게 지나친 것은 아니다.

흄이 살던 시대의 스코틀랜드는 신을 경외하는 분위기였다. 흄은 제임스 보즈웰에게 어린 시절 혹시 자신이 저지르지는 않았는지 되돌아봐야 할 죄가 많아서 난감하다고 했다. 그는 그중에서도 유독 교만이라는 죄를 강조했다. 죄의 목록은 반세기 전 성공회 사제 리처드 올스트리가 쓴 『인간 의무 전서』[1](1658)에서 찾아볼 수 있다. 흄의 외가는 성공

---

1   *The Whole Duty of Man:* 영국의 전통을 옹호한 책으로 처음엔 익명으로 출간되었으며, 대중에게 널리 읽혔다.

회 교인이었기 때문에 그는 어린 시절부터 장로교와 성공회의 영향을 두루 받았다. 그는 보즈웰에게 살인과 절도는 거리낌이 없지만 교만은 그렇지 않다고 덧붙였다. 공부가 일취월장했던 흄은 형과 같은 시기에 대학에 들어갔다. 그러나 그는 학문적 성취를 자랑하는 것을 죄악으로 생각했다. 자연스럽게 집안의 영지는 형에게 상속되었고, 차남인 흄이 받은 유산은 그야말로 "보잘것없었다." 훗날 흄은 정치철학과 역사를 논하는 글에서 재산의 장자상속이 미풍양속인 이유를 상세히 기술했다. 그러나 젊은 시절에는 세 형제 가운데 가장 똑똑한 자신이 왜 더 많은 유산을 상속받지 못했는지 되짚어보았을 것이다. 흄은 시골 영지 관리를 지루해했을 것이고, 더 딱한 것은 30대가 되도록 어머니와 형에게 의탁해 살아가는 "가난한 철학자"라는 현실이었다. 훗날 그가 말한 정의론은 사회 규범들에 내포된 자유재량의 요소를 강조하고 있다. 흄은 상속에 관한 규범을 꼼꼼히 들여다볼 타당한 이유가 있었다.

"나는 정규교육 과정을 성공적으로 마쳤다"라고 흄은 말한다. 그는 11살에 입학한 에든버러 대학에서 정규 과정인 라틴어와 초급 그리스어, 논리학, 윤리학, 신학을 배웠으며 "자연철학" 수업을 통해 아이작 뉴턴의 이론을 배웠다. 흄은 법학 공부를 시작했지만 "철학과 일반 학문을 제외한 어떤 것에도 관심이 없었고 오히려 혐오감만 생길 뿐이었다." 흄의 가족은 그의 뜻을 받아들여 법학을 포기하고 글로 "완전히 새로운 생각의 지평"을 펼치도록 했다. 젊은 시절 건강 문제에 관해 "의사에게 쓴 편지"(L 1: 16)에서 흄은 18세에 새로운 생각들이 떠올랐다고 적었다. 그는 어머니와 형, 누나에게 영지를 맡기고 "철학일"에 매진하며 엄청난 양의 글을 쏟아냈다. 새로운 생각의 지평에 대해서는 추측밖에 할 수 없지만, 고대 도덕철학자들(키케로와 베르길리우스)이 멋들어지게 표현한 '미덕'은 인간 본성의 이해에 바탕을 둔 것이 아니라고 쓴 구절과 관계가 있을 것이다. 만약 그러한 기초가 전제되었다면 글귀들이 인간의 행동으로 나타나 그 진가를 보여준다는 것이다. 인간은 이성적 동물이라는 규정을 그대로 받아들이기보다는 윤리학의 꼴을 갖추기 이전에 주의 깊은 실증적 연구를 통해 우리 자신의 본성을 이해하는 것이 우선이라는 것이다. 『인간 본성에 관한 논고』(이하『논고』로 약칭)가 그의 첫 책이 된 까닭이다. 1734년 의사에게 보낸 장문의 편지에서 알 수 있듯이 그는 집에 머무는 동안 건강이 나빠졌고 책을 마무리하지 못한 채 가족의 영지가 있는 나인웰스를 떠났다. 이후 브리스틀에서 설탕 수입업자와 동업한 "활동적인 국면"에 실패했고, 집필을 위해 프랑스로 갔다. "새로운 생각의 지평"을 열기 위해서는 기존에 하던 육체적인 활동(매일 13~16킬로미터의 승마)뿐만 아니라 새로운 장소가 필요했다.

흄의 말년을 괴롭힌 심인성 질환은 그가 꿈꾸던 '신앙과 무관한 덕성'에 다다르지 못한 것, 나아가 신앙을 잃은 것과도 일정 부분 이어진다. 그는 유년기에 기독교 교육을 받고 자랐으며 그가 처음으로 받은 책에는 『성경』도 포함되어 있다. 흄이 어릴 적에는 윌리엄 더전에 대한 이단 재판이 열렸는데, 그의 삼촌이 목사로 재직하던 천사이드 교회에서는 이단 재판을 받는 죄수에게 칼을 씌우는 전례가 있었다. 흄은 친구 길버트 엘리엇에게 보낸 편지에서 『자연종교에 관한 대화Dialogues concerning Natural Religion』(1779)를 집필하던 인생 후반기에 들어서 20세 이전에 쓴 유신론에 관련한 원고들을 태워버렸다고 밝혔다. "나는 일반적인 견해를 확립하기 위해 논쟁했으며 치열하게 탐구했다. 의문이 머리를 들었다가 사라지고 다시 돌아오기를 반복했다." 이때까지만 해도 그는 신을 믿는 쪽이었지만 기독교를 옹호하는 존 로크와 새뮤얼 클라크의 글을 읽고 신앙심이 도리어 약화되었다고 한다. 여기에는 골수 편견으로 똘똘 뭉친 지방 성직자들의 모습도 한몫했을 것이다. 흄이 집을 떠난 직후 젊은 하녀 아그네스 갈브레이스는 칼을 쓰는 굴욕을 당했다. 갈브레이스는 아이의 아버지로 흄을 지목했지만 사람들은 그녀의 말을 믿지 않았다. 이러한 일련의 사건들을 겪은 흄은 어릴 적부터 가르침을 받은 기독교 교리를 믿을 수없으며 종교, 특히 기독교가 인간의 도덕성에 반한다는 확신을 갖게 된다. 그의 이러한 태도는 독실한 신자인 어머니나 누나와의 갈등을 빚어냈다. 그러나 이러한 갈등에도 불구하고 여행을 떠났다가 집으로 돌아올 때면 그는 늘 즐거워했다. 흄의 일대기를 쓴 신학자 전기 전문 작가 제임스 오어는 현대인의 뇌리에서 사라져가는 신과 죄의 문제를 다루기도 했다. 그는 종교의 역할을 고민하는 흄의 진지함을잘 알고 있었고, 사회 명사인 아들을 "착하지만 너무 심약하다"라고 표현한 어머니의 마음도 알고 있었다. 스코틀랜드인 오어는 "심약"을 "나약한 의지력"으로 해석했다. 흄 철학의 최근 편집자 데이비드 노턴을 포함한 이후 저자들은 이말의 뜻을 몰랐다. (『논고』에서 흄은 스스로 "정신의 힘"과 반대되는 의미로 "나약한 의지력"이란 말을 사용했다) 어머니의 입장에선법학 공부도 마치지 못하고 자기 일도 제대로 해내지 못하는 아들을 심약하다고 느끼는 것은 당연했다. 흄은 돈벌이를 찾는 대신 자기가 좋아하는 글만 주야장천 써댔다. 그러면 어머니의 잔소리 때문에 집을 떠난 것일까? 『논고』에서흄은 가난이 부끄러워서 또는 성공하지 못해서 타지로 떠나는 사람들이 있다고 적었다.

가까이 부대끼며 사는 혈연의 멸시는 불편하기 짝이 없
다. 그래서 여기서 멀리 떨어져 낯선 이들과 어울려 살
려는 것이다. (T 322)

　친척들은 우리의 딱한 처지를 알고, 또 우리는 친척들
의 실망을 느끼는 관계는 부담이 된다. 흄의 관점에서 볼
때, 상대방의 표정과 몸짓을 읽고 상대방과 같은 감정을 자
동적으로 느끼는 것, 즉 연민은 인간 본성에서 가장 중요한
특징이다. 흄이 자신의 장래를 걱정하는 어머니를 연민하는
것만큼이나 어머니도 문필가 지망생인 불행한 아들에 대한
연민으로 힘들었을 것이다. 오어는 작가로 데뷔도 하지 못
한 채 집에서 지낸 젊은 시절의 흄의 상황을 이렇게 이해하
고 있다. 다른 전기 작가들, 예컨대 그레이그는 가족들이 흄
을 곱게 보지 않고 그의 형이 그를 쫓아낸 것으로 이해하고
있다. 만약 그렇다면 흄이 가족에 대한 애정을 그토록 절절
하게 표현할 수 있었을까? 또『논고』에서 가족애에 관해 그
렇게까지 거침없이 쓸 수 있었을까?

2장
사람들과 멀리 떨어져서

프랑스에서
『인간 본성에 관한 논고』를 쓰다

이렇게 살기에는 돈도 부족한데다 몸을 돌보지 않은 탓에 건강도 좋지 않아 미약하나마 적극적인 국면 전환을 꾀해야만 했다. 1734년, 주위에서 추천하는 브리스틀의 유명한 상인을 찾아갔지만 내게 맞지 않는 일임을 깨달았다. 나는 공부에 매진한다는 일념으로 프랑스로 건너갔다. 그곳에서 계획을 세우고 꾸준히 공부했다. 혼자 힘으로 생계를 꾸리기에는 돈이 턱없이 부족했으므로 근검절약하는 가운데 문필에 대한 재능을 갈고닦는 일 외에는 모든 것을 무시하기로 했다.

프랑스에 건너와 처음엔 랭스에 있다가, 그 후엔 앙주의 라플레쉬에서 지내면서 『논고』를 구상했다. 이곳에서 3년을 더 머문 후 1737년 런던으로 갔다. 1738년 말, 『논고』를 출간하자마자 고향에 살고 있는 어머니와 형에게 달려갔는데, 형은 그동안 열심히 일해서 재산을 어느 정도 모은 상태였다.

『논고』만큼 운이 없는 저술이 또 있을까. 이 책은 열성 팬들 사이에서도 이렇다 할 반응이 없었고, 언론도 외면했다. 나는 타고난 낙천성과 긍정성으로 바로 충격에서 벗어났고 시골에서 다시 열정적으로 공부하기 시작했다.

1734년 9월 프랑스로 건너간 흄은 파리에 있다가 랭스에서 한동안 머물렀다. 친구 마이클 램지에게 보낸 편지에서는 프랑스와 영국의 정중 어법을 비교했다. 이후 그러한 관용 어법을 공정률과 비교해 "작은 도덕"이라 불렀다. 공정률이 사람들의 이해 충돌을 막는다면 예절은 개개인의 자존심을 지켜준다. 흄은 라플레쉬의 작은 저택에 기거했는데, 이곳에 는 르네 데카르트가 공부했던 예수회 대학이 있었고, 거기 에 훌륭한 도서관이 있었다. (데카르트가 교육받은 곳이었다는 사 실이 그를 정착하게 만들었을까? 흄은 『논고』를 이해하려면 데카르트 의 저작을 먼저 읽어야 한다고 램지에게 말했다.) 흄은 수도승들이 기적이라는 "장막에 싸여 있다"라고 하며 기적의 신빙성을 따져보려 했다. 훗날 흄은 기적은 자연법칙에 반하는 것이 지만, 자연법칙처럼 확실한 증거가 있어야 한다고 주장했다.

기적을 보았다고 주장하는 경우 착각이거나 현혹일 가능성
이 자연법칙이 깨질 확률보다 더 높으며, 어떤 기적에 대해
들었을 때 자연법칙이 깨졌다기보다 기적이 아니라는 쪽으
로 검증해봐야 한다는 것이다. 흄은 헨리 홈(후에 케임즈 경으
로 불림)에게 말했듯이, 혹여 무신론자로 낙인찍힐까 봐『논
고』에서 이 논리를 빼기로 결정했다(NL 2). 또『논고』때문
에 버틀러 주교의 신앙심에 상처를 주고 싶지 않았다. 덩치
크고 투박한 학구파 스코틀랜드 청년이 프랑스 예수회 사람
들에게 서투른 프랑스어로 기적을 믿지 말라고 설득하는 것
은 불가능한 일이었다. 문필가가 되겠다는 일념 하나로 돈
도 없이 프랑스에서 버틴 시간들은 본인의 의지와 인내심의
시험대였을 것이다. 그는 집필을 이어갔고 1737년 9월 출판
업자를 찾기 위해 런던으로 향했다. 꼬박 1년간의 피 말리는
시간이었다.

흄은 인간 본성을 어떻게 이해했을까? 아리스토텔레스
는 인간을 이성적인 동물로 정의했지만, 기독교에서는 이성
이 아니라 죄의 근원인 정념에 초점을 맞췄다. 즉 불멸의 영
혼을 구원해야 한다는 기독교 전통의 가르침을 받들어 하
느님이 주신 양심으로 죄 많은 정념을 다스려야 한다는 것
이다. 흄도 정념에 강조점을 둔다. 그러나 그의 관점은 어디
까지나 세속적이며, 이때 이성은 정념을 보좌한다. 지금 여

기에서 잘 사는 것이 중요하며, 우리가 가진 전부인 지금의 생에서 개인의 삶은 주위 사람들의 삶과 얽혀 있기 때문에, "공동의" 삶이 우리의 관심사라는 것이다. 이렇게 공감 능력만으로도 타인과 연결될 수 있으며, 도덕심이 이러한 연결고리를 한층 강화시킨다. 『논고』는 오성understanding, 정념 passions, 도덕morals을 각각 다룬 세 권의 책이다. 애초에 흄은 정치와 취향에 관해서도 집필할 계획이었는데, 먼저 내놓은 세 권의 반응이 신통치 않자 나머지 두 권은 포기했다. 그렇기 때문에 정치와 취향에 대한 그의 견해를 알고 싶다면 이후에 쓴 에세이와 논문을 참고해야 한다. 그는 토머스 홉스에 편승해서 이성이 정념에 복무한다는 논리를 폈는데, 이것이 화근이었다. 흄은 인간을 이성적인 동물 혹은 데카르트가 말한 생각하는 존재로 규정하고 나면 사고와 정념의 상호 관계를 놓치게 된다고 생각했다. 흄의 견해에 따르면 지능 있는 모든 동물들은 이성을 사용한다. 이때 이성은 목표를 추구하도록 도와주는 역할을 한다. 다만 인간은 언어로 인해 이성의 양태가 달라진다. 살아남은 종들과 마찬가지로 인간도 경험을 통해 배우고 거기에서 얻은 교훈을 기억함으로써 살아남는다. 그러나 인간은 경험을 말과 글로 공유한다는 점에서 여타 동물과 다르다. 흄도 데카르트와 같이 교조적으로 주입되는 믿음을 비판하며 직접적인 경험이야말로 가장 훌륭한 스승임을 강조했다. 흄은 오성이 자신의 주된 관심사인 정념과 연루되어 있기 때문에 오성이 논의의 출발점이 되어야 한다고 설명한다(T 8). 홉스는 인간의 가장 강력한 정념은 죽음에 대한 두려움이라고 생각했다. 하지만 흄은 죽음에 폭력과 고통이 따르지 않고, 죽음의 시기가 너무 이르지만 않다면, 죽음은 공포의 대상이 되지 않으며, 최후의 심판과 지옥이 기다리고 있다면 모를까 죽음은 무서운 것이 아니라고 역설했다. (이러한 주장은 죽음의 공포를 다루지 않는 『논고』에는 없고, 영혼의 불멸과 자살을 다룬 에세이에 들어 있다. Ess 577-598)

흄은 친구 마이클 램지에게 데카르트, 니콜라 말브랑슈, 피에르 벨의 저서를 읽고 난 후 자신의 책을 읽으라고 권했다. 흄이 권한 데카르트의 책은 정작 『정념론 *Les Passions de l'ame*』이 아닌 『명상록 *Meditations*』이었다. 『논고』는 데카르트가 최종적으로 도달한 지점을 출발점으로 삼은, 그러니까 『명상록』의 역이라 할 수 있다. 흄은 감관과 정념에서 모든 관념이 나온다고 보고 그것을 어느 정도 인정하고 출발한다. 그런 다음 감관에 대한 의심으로 차근차근 나아갔다면, 데카르트는 일단 감관을 믿지 않고 자신의 신념에 대한 확실한 토대를 찾아나섰다. 『논고』 1권(『오성에 관하여』) 말미에서 흄은 "근본 모순"에 봉착한 것을 알아차리고, 막다른 골목으로 자신을 몰아넣은 추론 과정을 철회했다. 반면 데카르트의 경우 "나는 지금 생각하지도 주장하지도 않는다"라고 하면 이것은 근본 모순이며, 이것을 깨닫는 순간 임의로 설정한 의심은 무효화된다. 흄의 방법은 데카르트를 멋지게 뒤집은 것이다. 흄은 『논고』1권에서 자신의 본질을 논리 정연하게 설명하지 못하고 회의론에 도달한다. 하지만 그는 화두라고 전제한 정념에 주목하며, 정념이 그래도 비교적 의심의 여지가 없다고 추정한다.

『논고』1권은 회의론에 도달하기 이전에 원인 추론에 대한 새로운 시각을 내놓는다. 데카르트는 그것을 원인 안에서 "결과의 실재"를 식별해내는 이성의 능력으로 본 반면 흄은 경험을 통해 습득하는 인간의 동물적 능력으로 본 것이다. 즉 미래에도 과거와 똑같은 양상이 순차적으로 일어날 것이므로 이것은 능력이 아니라 필연이라는 것이다. 이러한 인과 추론은 상당히 신빙성이 있어서 이 과정을 중단하면 인간은 "사멸할 것"이라는 얘기다. 만약 우리가 필연을 경험한다면 그것은 과거에 겪어본 원인이 있을 때 결과를 미리 아는 내적 과정일 뿐이다. 그러므로 흄이 말하는 원인 추론에는 객관적 필연에 대한 분석이 자연스레 위축될 수밖에 없다. 이 지점은 매우 중요하다. 우리 눈앞에 없는 어떤 것이나 우리가 목격하지 못한 어떤 사건을 추론할 때의 토대인 까닭이다. 물론 이런 식으로 신의 존재를 추론해내는 사상가들도 있지만, 흄은 그런 쪽으로 추론하지 않는다. 그는 보통의 원인들만 다룬다. 거기서조차 원인을 되짚어 "나타난" 결과를 찾을 수 있다는 기대, 원인과 결과의 "필연적 고리"를 발견하려는 데카르트식 기대는 헛되다는 것이다. 우리는 통상 원인과 결과가 필연적인 관계라고 생각하지만 이때 생각하는 필연은 우리 머릿속에서 일어나는 추론을 투사한 것에 불과하다고 흄은 주장한다. 2 더하기 2는 당연히 4라고 생각하는 것처럼 원인이 있으면 당연히 결과도 있어야 한다는 것이다. 그러나 "당연"이라는 것은 우리 마음의 작용이지 객관세계의 이치는 아니다. 물체에 대한 믿음을 들여다보면 색이나 소리 같은 부수적인 성질에 대한 믿음이 흔들릴 수 있고, 우리가 인지하지 않는 상태에서도 물체가 존재한다는 믿음 역시 흔들릴 수 있다고 흄은 생각한다. 이 지점은 로크와 버클리[2]의 영향을 받았다. 흄의 글을 읽어보면 정신이 객관세계를 "덮는다"라는 그의 논지는 임의의 필

---

2   데카르트가 "나는 생각한다. 고로 존재한다Cogito ergo sum"라고 말한 데 반해 버클리는 "존재하는 것은 지각된 것이다Esse est percipi"라고 주장했다. 이는 지각에 의해 비로소 존재하는 것이 가능하다는 말로 지각을 떠나서는 만물이 존재하지 않는다는 뜻이다.

연만이 아니라 모든 관계에 해당함을 알 수 있다. 요컨대 칸트가 "관념"이라 칭한 시간과 공간 역시 정신이 짓는 바이지 객관세계의 사실적 측면은 아닌 셈이다. 칸트는 "몽매한 독단" 상태에 있던 자신을 깨운 사람이 흄이라고 말했지만 그렇다고 칸트가 관념론을 흄에게 배워서 수립한 것은 아니다. 흄은 세계를 아는 것에 대해 회의적이었는데, 감관이 파악하는 것이 실재라고 상정했던 것 같다. 원인, 유사, 인접 등의 "객관적" 관계들이 정신에 영향을 미쳐, 우리 정신의 세 가지 연계 작용의 바탕이 돼준다. 연계는 객관세계를 경험한 결과이지 정신의 원초적 자율성은 아니다. 어쩌면 우리는 유사 관계를 인지하도록 프로그램화되어 있을지도 모른다. 이를테면 인간의 얼굴처럼 우리에게 중요한 것을 인식하는 것이다. 그런데 모든 얼굴에는 이목구비가 있다거나, 모든 둥근 것은 형태가 비슷하다는 것은 정신과는 별개인 객체 간의 닮음 관계에 속한다. 흄은 눈과 코가 서로 나란히 있다는 점과 같은 인접의 실례들도 정신과는 별개의 사실로 받아들인다.

흄은 정신이 어떻게 작용해서 "지각perception"이 이루어지는지를 규명하고 있다. 앞서 데카르트와 버클리도 "지각"이라는 용어를 사용했다. 물리학자 로버트 보일이 미립자를 연구한 것처럼 경험을 정신의 단위들로 분해하는 것은 일종의 "미시 철학"인 셈이다. 로크와 버클리는 순간의 인지를 "관념"이라고 부르긴 했지만 어쨌든 기본 데이터로 상정했다. 그런 점에서 그들은 흄의 선구자였다. 결국 의식이 최우선인데, 의식에 담긴 데이터들을 기초로 객관세계에 대한 신념들이 구축되기 때문이다. 그런 맥락에서 흄의 말대로 인간에 대한 학문, 즉 의식에 대한 연구는 모든 과학의 토대가 되어야 한다. 오늘날 이 물리적 인간학에서 의식은 설명할 수 없는 현상인데, 흄이 주장한 것처럼 우리의 모든 믿음이 의식에 의존한다면, 이는 아이러니다. 흄은 지각을 두 종류로 보았다. 하나는 강제적 지각이고 다른 하나는 "본원적" 지각이다. 그는 전자를 "인상impression", 후자를 "관념idea"이라고 불렀다. 인간의 모든 지각은 인상과 관념의 형태를 함께 취하고 있다. 즉 처음에는 인상으로, 그 이후에는 경험을 통한 관념으로 인지한다는 것이다. 기억이나 믿음은 "생생함"의 정도가 중간쯤 되는 관념이다. 인상만큼 생생하지는 않지만 머릿속의 관념보다는 생생하기 때문이다. 모든 관념의 내용과 생생함이 선행하는 인상에 기인한다고 생각하겠지만, 공간과 시간 같은 관념은 감관에 들어온 인상이 바로 담기기보다 인상이 시공간 안에 펼쳐진 "형태"로 담긴다. 모든 지각은 "무엇의" 지각이며, 그래서 "대상"이나 내용이 있게 마련이고 그 대상이나 내용은 지각의 물리적 원인으로 간주된다. 정념도 일종의 "인상"이다. 즉 인상이 만들어 내는 생명력 또는 "생기"의 왕성한 표본인 셈이다. 이러한 정념은 의지로 나아가고 믿음을 빚어낸다. 우리 감관에 잡히지 않는 것에 대한 믿음은 유추된 관념, 즉 과거 인상의 복사인데, 기억 속의 과거 인상이 현재의 어떤 인상과 인과적으로 "연루"되어 생생함을 획득한 관념이다. 데카르트가 주장했듯이, 믿음은 의지의 문제가 아니라 무의지적 과정이다. 종교적 믿음은 의지의 문제가 아니라는 것이다.

우리의 의식적 경험을 연속적인 지각으로 해석한다면, 지각이 연속되는 다른 지각들과 어떻게 연결되는지가 문제다. 흄의 말대로 생각이 생각과 이어지는 연계나 "객관적 연계" 과정에는 세 가지 변수가 작용한다. 사고 대상의 닮음, 대상의 공간이나 시간의 "인접성"(혹은 근사성), 지금의 대상과 이전의 대상 간의 인과적 의존성이다. 이 인과관계로 인해 인접성은 유사성, 불변성과 합쳐진다. 닮음은 지금의 원인과 과거의 원인 사이의 인과이며, 또 지금의 결과와 과거의 결과 간의 관계이기도 하다. 시간의 흐름이 항상 동일하게 반복된다면(예외가 없었다는 뜻) 앞으로도 같은 흐름이 나타날 것으로 단정하게 될 것이다. 또 이런 흐름이 항상적이지 않다면 그것은 개연적인 것이라 한다. 사실 이성적으로 생각해보면 미래가 과거와 동일할 것이라는 확증은 어디에도 없다. "당연히 그럴 거야"라는 생각은 할 수 있지만 미래가 과거와 같을 개연성조차도 단언할 수 없다. 세 가지 연계 가운데 "변함없는 관계"에 기댄 인과적 연계만이 새로운 믿음, 즉 과거의 믿음과 무관한 믿음을 줄 수 있다. 원인이란 먼 과거나 먼 미래의 일, 혹은 내가 있지 않은 곳에서 일어나는 일에 대해 추론할 때 끌어내는 연관이다.

흄이 말하는 원인 분석이란 그의 표현을 빌리면 매우 "난해한" 것이다. 그의 분석은 무엇이 다른 것을 유발하거나 "산출"한다는 개념을 산출 인자와 산출 결과의 짝 개념으로 용해한다. 그러니까 규칙적인 인과관계, 즉 계속될 것으로 기대되는 규칙성인 셈이다. 그것은 어떤 시퀀스(연속)에서 인과를 짚어내거나 우주 같은 특이한 결과물의 원인을 알아내는 행위는 아니다. 우리가 경험하는 규칙적 연속성의 이유를 알아낸다거나 규칙성이 앞으로도 유지되리라는 이성적 확신을 갖는 것에 대해서는 "회의적"이다. 데카르트가 주장했듯이, 우리는 원인에서 결과를 읽어내지 못한다. 다만 과거의 경험에 비추어 규칙적인 선후 관계를 파악할 뿐이다. 데카르트, 라이프니츠에 따르면, 동물은 규칙성을 아는 데 그치지만, 인간은 더 나아가 그러한 규칙성이 왜 지속되는지를 안다. 그러나 흄은 인간이 다른 동물들에 비해 좀 더 세세한 규칙성을 알 뿐, 그 이상의 이성적 통찰력이 있다는 점을 부인했다. 우리는 "원인" 안에서 "까닭"을 알지 못한다는 것이다. 예를 들자면 빵이 왜 체내에서 양분과 에너지가 되는지 그 까닭은 알지 못하지만 단지 경험을 통해 이해한다는 것이다. 전문가에게는 "위 속에서 특정 효소가 빵과 만나 변화를 일으킨다"라는 것이고 문외한에게는 그저 "소화"일 뿐이다. 그러나 빵이 어떻게 양분이 되는지 추후에 이해하게 되더라도 맹목적이고 항상적으로 빵=영양의 등식을 떠올린다는 것이다.

흄은 우리가 무엇을 인과관계로 보는지 두 가지로 간추리고 있다(T 170). 우리 경험상 원인과 결과는 늘 시공간적으로 인접해 있다. 하나에 선행하는 다른 하나를 보면 "결과"를 기대할 수 있다. 이어 흄은 "동물들의 추론"으로 눈을 돌린다. 바로 다윈의 제자 토머스 헨리 헉슬리가 극찬한 지점이다. 흄은 인간의 사고와 행동에 대한 설명이 우리와 유사한 행동을 하는 동물들에게도 적용 가능한가를 따지는 것이 철학의 기본이라고 말한다. 그는 "동물도 인간처럼 사고하고 추리한다는 것"보다 더 분명한 "진실은 없다"(T 176)라고 적었다. 짐승도 원인에 따른 결과를 경험으로 익힌다. 이는 말로 표현되지는 않지만 규칙적인 연속성 경험이라는 점에서 인간의 인과 추론과 동일하다.

흄은 『논고』 1권 4부에서 고대와 현대의 철학 "체계"

몇 가지를 회의적인 시선으로 검토한다. 그는 구체적인 사물이나 정신은 지속적이며, 우리가 보지 않을 때에도(꿈을 꾸지 않는 수면 상태) 고유의 성질이 변하지 않았다고 믿는 이유를 설명하며 자기 나름의 철학을 구축하고자 했다. 이러한 확신은 인과 추론에 대한 믿음과 마찬가지로 정신의 항상성을 의미한다. 그래서 4부에서 회의적 관점을 적용하기에 앞서 3부에서 그러한 면을 언급했던 것 같다. 동물 역시 자신의 지속까지는 아니어도 사물의 지속을 믿는다. 그렇다면 "기본을 따지는 일"은 그가 말하는 원인뿐 아니라 물체의 지속성에도 적용된다. 그런데 흄은 물체의 지속성과 지각 주체의 지속성에 대한 믿음을 4부에서만 문제 삼는다. 그는 두 가지 확신 모두 정신이 가정한 지속, 즉 "허구"에 기대고 있다고 본다. 물체에 대한 우리의 경험은 단편적, 간헐적이기 때문에 이를 보완하는 장치이며, 유동하는 우리 정신의 변화를 가리는 방편이라는 것이다. 꿈을 꾸지 않는 깊은 수면 상태에서나 정신의 유동은 잠시 중단된다.

우리의 지각은 우리 삶만큼이나 다양하고 제각각이다. 흄은 결국 오성을 회의적 시선으로 마무리 짓는다. 우리는 우리가 받은 인상이 무엇인지 그 인상의 규칙성과 인상이 가리키는 대상의 규칙성을 안다. 그리고 이러한 인상과 규칙성을 대상과 원인에 대한 정보로 받아들인다. 과거의 경험을 토대로 미래의 인상을 예측하고, 예측이 틀리면 즉시 수정한다. 또한 지각을 지속되는 대상에 대한 정보로 해석한다. 즉 "허구"를 통해 그런 해석을 뒷받침하는 것이다. 그러나 우리는 주위 세계의 인상을 넘어서는 무엇도 알 수 없고 우리 자신에 대해서도 마찬가지다. 물론 이미 경험한 지각과 규칙성은 알 수 있다. 또 현재 무엇을 느끼고 원하는지도 알 수 있다. 우리는 자신을 "인간"으로 규정하지만 인간이 대체 무엇인지는 어슴푸레 알 뿐이다. 인간은 지각 주체이며 자신을 지각하는 존재이지만, 인간이 대체 무엇인지에 대한 해명은 빈약하기 짝이 없다. 흄 이전에 버클리는 물체를 지각 패턴으로 용해했지만, 그는 인간을 항존하는 적극적인 힘, 즉 의지를 자신에게서 인지하는 존재라고 생각했다. 흄이 에든버러에서 교수가 되는 것을 반대한 사람들과 19세기 들어 흄의 저작들을 편찬한 토머스 힐 그린은 경험을 연속적인 지각으로 해부하려는 로크와 버클리의 접근방식을 망친 장본인으로 흄을 지목했다. 흄은 진일보한 데카르트의 논리도 교묘하게 뒤집었다. 데카르트가 의심으로 시작해서 확실한 것으로 끝마친 반면 흄은 자신의 인상과 사고를 신뢰하는 것으로 시작해서(이러한 신뢰를 존 롤스는 "사실상 신앙주의"라고 불렀다), 세상과 자아에 관해 바라던 지식을 얻을 수 없음을 깨닫고 『논고』 1권을 절망으로 마무리했다.

그러나 그는 철학 작업을 진득하게 이어가면서 정념을 일으키는 원인, 무엇을 인정하고 인정하지 않는 기준, 호불호의 기준, 진위를 가리는 기준, 이성과 어리석음에 대해 탐구했다. 그는 "진정한 회의론자"가 되겠다고 말했는데, 이는 자신의 철학적 확신 못지않게 철학적 의구심에 대해서도 회의한다는 말이다. 즉 자신의 이론에도 독단의 요소가 들어있다고 상정한 것이다. 우리는 평소 하나로 이어져 있는 흐름을 경험한다고 여기는데, 흄이 문제 삼는 것은 분절적인 지각이다. 또 분절된 지각들을 연결하는 "접착제"를 이야기할 때도 어느 정도 독단적이다. 그는 연계의 기준이 딱 세 가지라고 확신했는데 어떻게 그럴 수 있었을까? (아리스토텔레스는 상반된 것의 연계도 있다고 보았다.) 흄의 꼬리표인 회의론과 그의 개인적인 정신 철학에 대한 언질은 앞뒤가 맞지 않는 구석이 있다.

『논고』 2권은 흄의 주요 관심사인 정념에 관한 것이다. 이러한 논의는 만족 또는 자기 것에 대한 자기 만족, 좋은 것을 갖는 쾌에서 출발한다. 1권에서 인지라는 허영의 슬픈 운명과 '나'에 대해 정확하게 짚어내지 못하는 어려움, "나의 my"라는 말에 대한 의구심 등에 봉착한 마당에 다시 정념에 관한 논의를 시작하는 것은 좀 의아해 보일지도 모르겠다.

그러나 정념은 "그 시점만 보면 비이성적이다." 즉, 사실을 포착하기보다는 삶을 지속시키는 무엇이다. 흄은 만족을 분석하는 동시에 겸손도 분석한다. 그가 천착하는 만족은 근사한 망토와 재치, 명문가의 연줄, 여행지의 기후 등에 이르기까지 광범위하다. 그는 이런저런 실험 없이도 만족의 원인을 찾아낸다. 즉 좋은 소유 대상의 쾌라는 원인 안에 소유한 '나'라는 존재의 쾌가 있음을 발견한 것이다. 그의 주장대로라면 터무니없이 자긍심이 강한 사람은 자동적으로 자신의 것을 좋게 여기기 때문에 "내가 가진 것은 좋아. 그래서 나 자신에 만족해"에서 "나는 나 자신에 만족하기 때문에 내가 가진 것은 다 좋아"라고 만족 인과관계가 도치된다. 그리고 대개 어느 정도는 이런 허영심이 있다고 상정한다. 우리는 자기 자신을 관용할 필요가 있는데, 그러려면 다른 사람들을 긍정해야 한다. 흄은 외적 평판에서 오는 긍지를 이야기할 때 자신이 중요한 인간의 본성으로 꼽는 "공감"을 먼저 거론한다.

그는 쾌락은 타자의 공감에 의해 "지지를 받지" 못하면 약화되는 법이라고 말한다. 요컨대 인간은 기본적으로 사회적 존재라는 것이다. 자신을 비춰보고 자신의 생각을 인정해 줄 타자가 필요하고 그중 몇몇은 사랑하는 동반자로 삼기도 한다. 긍지와 그 원인에 대한 흄의 설명에는 자긍심 높은 사람에게서 관측한 항상적 선후 관계를 찾아볼 수 없다.

요컨대 자가 분석에 기대고 있는 것이다. 원인과 결과, 즉 좋은 것을 가진 쾌와 그것을 소유한 자신의 쾌 사이에는 상당한 유사성이 있다. 만약 『논고』가 정념에서 논의를 시작했다면 인과관계 분석은 판이해졌을 것이다.

기독교인에게 자만은 치명적인 죄악이다. 흄은 『논고』 2권에서 말브랑슈가 『진리 탐구』에서 자만을 다루는 관점을 명징하게 추출하고 있다. 흄은 숭고의 지각이 정신에 미치는 결과에 대해서 말브랑슈의 논지를 그대로 가져온다. 그러나 자만이나 그가 지적 사냥이라고 비웃었던 진리애에 대해서는 이보다 더한 이견은 없을 정도다. 흄의 관점에서 보면 합당한 자만은 미덕이고, 미덕이 있다면 당연히 긍지를 가져야 한다. 그러나 설교에 익숙한 기독교인들은 이런 주장에 경악할 것이다.

흄은 자긍과 겸손을 기점으로 하여 사랑과 증오를 조명한다. 사랑은 선택한 타자의 좋은 품성과 그 타자를 가진 쾌로 간주된다. 우리는 한 사람이 가지고 있는 것이 좋다고 생각하는 데서 사람 자체가 좋다고 생각하는 단계로 나아간다. (결과의 실체가 원인 안에 있는 예이다.) 흄은 가족애도 멋지게 설명한다. 물론 그가 생각하는 가족애는 친지의 좋은 자질 때문이 아니라, 같이 있는 데 익숙해져서 편안하고 즐겁기 때문이다. 가족 구성원들은 서로 친숙하다. 집을 떠난 후

누릴 수 없게 된 친밀함에 대한 상찬인 셈이다. 그는 사랑하는 친구나 친지와 함께 있으면 "새로운 피가 용솟음치고 마음이 들뜬다. 온몸에 활력이 생기는데, 홀로 고적할 때는 그런 활력을 기대할 수 없다."(T 353)라고 적었다.

흄은 프랑스 "시골구석"에서 『논고』를 집필하면서 고적했을 것이다. 그가 말하는 "육체의 정념"은 흥미롭다. 선의와 존경이 연인의 아름다움에 대한 찬탄, 성욕, "후세를 위한 육체적 욕구"와 결합했다는 것이다. 이러한 "번식욕"은 "영혼의 가장 정제된 정념"인 존경과 "가장 비속한" 성욕의 중간으로 육체적 정념의 주성분이다(T 395). 젊은 시절 흄의 육체적 정념에 대해서는 알려진 바가 없고 말년에 가서도 마찬가지다. 흄은 에든버러의 젊은 여인에게 퇴짜를 맞았던 적이 있는데, 나중에 그 여인은 마음이 바뀌었다는 편지를 보냈다. 그러자 흄은 "제 마음도 바뀌었습니다"라고 응수했다. 흄은 생전에 결혼한 적이 없으며, (아그네스 갈브레이스의 말을 곧이듣지 않는다면) 자식을 남기지도 않았다. 그의 "후세를 위한 육체적 욕구"는 충족되지 못한 셈이다.

데카르트 등의 철학자들은 사랑을 말할 때, 신을 향한 사랑도 포함시켰다. 흄은 힘에 대한 존경을 조명하는데, 이러한 존경은 힘 있는 자의 자기만족에 공감하는 데서 생긴다고 주장한다. 이러한 흄의 시각이 신에 대한 종교인의 사랑까지 확대되기에는 어려움이 있다. 우리는 우리와 같은 부류에만 공감하기 때문이다. 공감은 같은 정념을 가진 존재, 즉 표정을 읽을 수 있고 이해할 수 있는 존재만을 대상으로 한다. 설교에 익숙한 사람들은 긍지에 대한 흄의 관점에도 놀라지만 사랑에 대한 관점에도 놀란다. 『논고』 1권을 보면 흄이 항상적인 연계를 경험하지 않고도 어떻게 긍지와 사랑의 필연적 원인들을 밝혀냈는지 의아할 것이다.

흄은 욕망, 혐오, 두려움, 희망 등을 일으키는 정념으로 이야기를 끝맺는다. 그는 욕망을 증진시키는 요인들, 충족을 지연시키거나 매력을 감질나게 보여주는 것, 금단의 열매에 대해 이야기한다. [벌거벗지 않고 몸을 가린 이브는 인류의 타락을 재해석한 것일까?] 이성은 정념에 맞는 대상들을 찾아 정념을 돕는다. 즉 욕망의 충족 수단을 찾아내고, 그 대가를 알려준다. 이성은 정념을 거스를 수 없으며, 오직 정념만이 정념을 거역할 수 있다. 일반적으로 이성과 정념을 반대되는 개념으로 생각하는데, 이는 이성과 정념의 본질과 역할을 잘못 이해한 것이다. 또한 죽음의 공포는 비중이 크지 않다. 욕망의 대상이 쾌라면 두려움의 대상은 고통이다.

흄은 인간의 행동을 결정하는 요인에 대해 논하며 데카르트가 말한 '자유의지'란 신화일 뿐이라고 말한다. 우리의 정념과 상대적 세기가 자발적 행동을 끌어내는데, 이때 우리는 어떤 대가를 통해 정념이 충족될 것이라는 믿음을 갖게 된다. 그러나 자유의지가 있다고 믿는 것은 원인을 모르는 상태에서 원인이 없다고 착각하는 것이다. 흄은 인간이 타인의 행동을 예측하고 그것을 근거로 생활한다고 보았다. 하지만 정작 자기 행동에 대한 원인은 알아채지 못하고, 엉뚱하게 자유를 "느끼거나 경험"한다는 것이다. 불가피한 행동이라는 것도 우리에게 내재한 불가항력의 힘이 아니다. 흄이 『논고』 1권에서 말했듯이 필연성이란 것도 "행동을 돌아보고 그 원인을 가려내는 생각하는 존재"의 직감적 추론을 투사한 결과에 불과하다. 그러므로 자신의 자발적 행동의 원인이 궁금하면 그 행동을 관찰한 타인의 얘기를 들어보면 된다. 자기 정신을 이해하기 위해서는 이것을 관찰하고 이해하는 동료들이 반드시 필요하다. 그런데 흄은 라플레쉬에서 정신을 탐구할 때 자신을 모델로 삼았다. 초창기에 쓴 『논고』가 완전히 "자기중심적"이며 회고록 같다는 비판을 받은 이유가 여기 있다. 그런데 정작 흄은 누구나 타자를 통해 자신의 생각을 점검할 필요가 있으며, 인간의 본성을 다루는 학문이라면 모름지기 타자의 깊이 있는 관찰과 올바른 예측에 근거해야 한다고 생각했다. 예컨대 자신은 혼자 힘으로 이론을 세웠지만 인간 본성을 제대로 알려면 심리학과의 협업이 필요하다는 것이다. 그는 훗날 스코틀랜드 계몽주의의 선구자가 된 친구 헨리 홈에게 『논고』의 관점이 대중적 정서와는 거리가 멀지만 만약 받아들여졌다면 "철학계의 지각변동"이 되었을 것이라고 적었다(NL 3). 그러나 이후 흄은 책의 의미를 그 내용보다는 질문과 힌트에서 찾았다. 흄의 책은 인간 본성에 대한 일반적 사실들을 담고 있다. 거기에는 저자의 자가 점검 성향이 여실히 드러나는데, 미래가 과거와 유사할 것이라는 확신의 근거, 인과관계, 생각과 주위 세계, 행동을 이끄는 여러 가지 동기, 이성의 역할 따위의 의문들이 제시되어 있다. 그는 정념이 목표를 정한다면 이성은 감독이라고 단언한다. 이성은 우리가 원하는 것을 얻도록 이끈다.

『논고』 2권은 청교도적 도덕 심리의 전면적 수정판이라 하겠다. 청교도 도덕률의 핵심은 자긍심과 욕구를 품는 것이 죄악이며, 이성이나 양심 같은 신이 부여한 상위 능력의 통제를 요한다는 것이다. 흄은 타고난 기본 욕구를 "죄악시하는" 것은 오히려 역효과를 낸다고 주장한다. 무엇을 금지하면 금지된 쾌락에 대한 호기심만 키운다는 것이다.

> 의무와 정념이 상반될 때 의무가 정념을 이기기는 어렵고 의무가 제 힘을 발휘하지 못할 때 오히려 정념을 키우기 십상이다. (T 421)

『논고』 3권 『도덕에 대하여』(1, 2권을 발행한 이듬해 발행됨. 1권의 논제들, 특히 일반적인 믿음과 자기 정체성에 관한 믿음에 대한 논평을 부록으로 첨부했다)는 도덕적 승인의 근거를 살핀다. 흄은 상대의 어떤 성격적 특질을 좋아하고 인정하는지 결정하는 것은 공감에 기댄 특별한 감정이라고 밝힌다. "미덕의 목록"으로 표현되는 도덕성은 그러한 감정이 낳은 결과로 보았다. 결국 도덕성은 대대로 내려온 도덕관념이며, 신의 요구가 아니라 우리의 수긍과 평가에 기댄 것이라는 소리다. 흄은 "정의"라고 일컬은 미덕에 많은 관심을 보인다. 여기서의 정의란 무엇에 대한 누구의 권리를 정한 사회의 규칙에 자발적으로 수순하는 것이다. 『논고』 2권에서 경고한 과다한 강제 규율의 위험성이 여기서도 적용되는데, "정의" 규범을 직접적인 금지가 아니라 규율의 작동을 보장하는 최소한의 장치로 이해한다. 정의 규범은 한 지역에 사는 사람들이 이것을 지키면 공동의 이익이 된다고 판단하여 비공식적으로 합의한 결과물이다. 흄은 이러한 합의를 "관례"라 불렀으며, 이러한 관례는 훗날 게임이론에 수용된다. "정의의 전제"는 원하는 자원의 결핍과 나누어 가질 의지의 제한이다. 흄은 인간을 이기적인 존재로 보지 않고 가족과 친구들을 배려하는 "제한적 아량"의 존재로 본다. 인류의 조상은 인간 본성을 염두에 두고 소유욕의 "충동적 표현"을 구제하는 것이 모두의 이익임을 알 만큼 지성을 갖추고 있었다. 또, 흄은 인류 최초의 관례라고 생각한 재산권에 관해 썼는데 존 롤스는 『도덕철학사 강의 Lectures on the History of Moral Philosophy』(2000)에서 이 부분을 탁월하다고 상찬했다.

이 관례는 … 공익에 대한 통념이다. 즉 모든 사회 구성원이 공유하고 특정 규칙대로 행동을 규제하게끔 하는 생각이다. 타인이 자기 것을 갖도록 내버려 두고 그 또한 나를 그렇게 대하는 것이 내 이익에 부합한다고 생각한다. 타인이 자기 행동을 규제하는 것이 결국 자기 이익에 부합한다는 것이다. 이러한 이익에 대한 상식이 쌍방에 표현되고 인지되면 적절한 해법과 행동이 나온다. 굳이 약속을 개입하지 않아도 이것을 관례나 합의로 부르기에 충분하다. 한쪽의 행동이 타인의 행동을 겨냥하고 상대편의 반대급부를 전제하고 이루어지는 것이다.(T 490)

이는 그야말로 탁견이며, 롤스의 칭찬에 값할 만하다. 일단 재산권이 생겨나면, 재산권을 자발적으로 이관하는 선물이나 물물거래의 관례가 나오고 이어 앞으로 생길 물품이나 서비스를 타인에게 양도하는 계약이나 약속의 관례가 형성된다. 정의의 규칙은 자기 것을 확증하고 타인의 재산권을 존중하라고 가르친다. 즉 약속의 과정을 알려주고 그것을 지키라고 말하는 것이다. 단 제삼자의 것을 취하는 데 대한 금지는 없다. 현재 상대의 것인가만 규율할 뿐이다. 또 마음을 바꾸는 데 대한 금지도 없다. 자기 말을 이행하지 않는 데 대한 금지는 없고, 다만 상대의 말을 어길 경우에만 금지가 따른다. 재산권은 재산과 약속이 만나 고유한 관행을 만들어 낸다. 재산권이 있어야만 소유가 보장된다. 이는 사람들이 소유물을 가져가지 않겠다는 보증인 셈이다. 타인이 내 계획과 이익에 관련된 어떤 일을 약속하고 이를 이행하는 것은 계약상 권리로만 보장된다. 관례를 받아들이는 것 자체로 최소한의 신뢰 관계는 이루어진다. 즉 타인이 관례를 따르리라고 믿는 것이다. 그렇지만 흄은 약속과 계약이 가족과 친구를 넘어서 모르는 사람에게까지 신뢰를 확장한다고 말한다. 그는 우리 조상이 소유와 약속을 "발명"했으며, 이러한 장치가 후에 통치의 영역으로 넘어간 으로 보았다. 물론 이러한 것들이 새로 생기면 "훔치지 마라", "계약을 파기하지 마라" 등 새로운 금지 사항도 생기기 마련이다. 이는 게임에 반칙 규정을 두는 것과 같다. 만약 재산권이 인정되지 않는다면 도둑도 없을 것이다. 재산권 및 계약의 효력은 그 지역의 "관례"에 따른다. 흄은 이런 관행을 사회 "장치"에 의존한다는 의미에서 "인위적"이라고 했다. 그러면서도 인간 공동체가 더불어 살기 위해서 비공식적인 합의를 통해 개개인에게 권리를 귀속시키는 것이 얼마나 자연스러운 일인지를 강조한다. 여기서 그가 강조한 대목은 재산권과 약속에 기초한 권리이다. 그는 권리의 선포와 집행을 담당하는 치안판사 제도가 만들어지기 전부터 이 권리가 이미 통용되고 있었을 것으로 보았다. 이런 제도가 만들어지기 전에도 이런 관례가 자기 강제력으로 존재하면서 공동의 이익을 뒷받침했다는 것이다. 사회 규모가 커지면서 도둑질과 사기를 막기 어렵고, 범죄자가 자신의 범죄 사실을 숨긴 채 타인에게 접근할 때 치안판사 제도가 필요하다.

흄이 마지막으로 거론하는 장치는 결혼이다. 그는 결혼을 자녀가 부모의 보살핌을 받고 부부가 평생 서로 의지할 수 있는 장치로 보았는데, 사실 결혼 제도의 핵심은 아내의 정조라고 본다. 아버지는 자신이 부양하는 아이가 친자라는 확증이 필요하기 때문이다. 이 같은 냉소적 결혼관을 보면 그가 왜 결혼을 기피했는지 짐작이 간다. 또 이혼이 결혼으로 태어난 아이의 이익에 반한다고 판단했다. 흄의 후기 논문 「일부다처제와 이혼에 관하여 *Of Polygamy and Divorces*」를 보면 이혼에 대해 "자식은 부모 마음먹기에 따라 불행해질 수 있다"(Ess 188)라는 구절이 있다. 앞서 흄은 이혼의 여지를 막은 결혼은 감옥이 될 수 있다고 적었다. 결혼은 성적 정념의 표현도, "신실하고 지속적인 우호"의 표현도 아니며, 자녀 양육을 위한 제도라는 것이다. 그는 남녀의 성적 정념은 오래가지 않으며, 결혼이란 공동의 이익과 우정이라는 지속적인 기반이 있을 때 최상이라고 생각했다. 흄은 아내에게만 정절을 요구하는 평생 결혼 제도를 아주 부정적으로 봤다. 이런 장치는 사회 "전체와 모든 부분"에 이익이 되지만, 이런 구도로는 여성이나 남성 어느 한쪽에 득이 되기는 어렵다는 것이다. 차라리 "도움이 필요한 긴 유아기"를 적절하게 돌볼 수 있는 플라톤식 공공 탁아소에 맡기는 것이 괜찮을지도 모른다. 이 기간은 언어와 또래의 관습, 문화를 익히는 시기이기 때문이다. 훗날 동물행동학은 긴 유아기, 즉 미숙한 상태로 태어나기 때문에 다른 종보다 풍부한 문화를 가질 수 있다고 보았다. 새는 지저귐을 배우고, 고양이는 배설물을 묻고 사냥하는 법을 배운다. 우리는 동물보다 훨씬 긴 유아기를 거치고 더 많은 걸 배운다. 아이가 양쪽 부모에게 보살핌을 받고 문화를 익히는 것이 최선이지만, 흄은 편부모 사이에서 자란 아이라고 무조건 불리하지는 않다는 걸 경험으로 깨달았다. 아니면 아버지의 부재를 지나치게 의식한 것은 아닐까?

치안판사가 소유와 약속, 결혼 등의 권리들에 대한 폭

력을 막아주는 집행기관임은 분명하다. 하지만 흄이 폭력을 당하지 않는 것을 권리로 보았는지에 대한 언급은 별로 없다. 그는 자연권을 입에 올리지 않고, 사회적 장치로 인지되는 권리만 논의선상에 올린다. 친절을 미덕으로, 잔인함을 가장 혐오스러운 악으로 여겼으며, 폭력이나 잔인성에 대한 별도의 합의나 "장치"는 필요하지 않다고 보았다. 반면, 무엇이 누구 것인지에 대한 한시적 합의는 반드시 필요하다고 보았다. 그래야 절도나 계약 파기, 간통을 판별할 수 있기 때문이다. 흄은 미덕을 "자연적"이라고 말한다. 미덕은 정의와 달리 국지적인 관습과 무관하게 발현될 수 있다는 것이다. 그러나 미덕의 인정이 곧 권리 발생이라고는 보지 않는다. 자비심, 관용, 감사, 부모의 보살핌, 친절, 용기, 자존심, 겸손, 검소, 근면, 쾌활함, 평온, 인내심, 끈기, 예지, 위트, 달변, 양식 따위가 자연적 미덕에 속한다. 흄은 일부 도덕주의자들이 양식 같은 비의지적 능력을 평가하지 않는 것을 알았지만, 소중한 품성을 미덕의 목록에 포함하지 않을 이유가 없다고 보았다. 그는 사람들이 무엇을 칭찬하고 개탄하는지를 잘 알았고, 바보 취급을 당하고 싶은 사람은 아무도 없다고 생각했다. 그래서 어리석음도 잔인함이나 부정 같은 악으로 취급했다. 도덕성 여부를 판단하는 것이 종교적 도덕주의자들에게는 상벌을 위한 것이지만 흄에게는 그렇지 않다. 물론 도덕성 인정 여부 자체가 상벌이 될 수는 있지만, 주위 사람들에 대한 도덕성 판단은 비의지적 과정일 뿐 상벌처럼 자신이 느끼는 쾌, 불쾌를 나타내는 고의적 과정은 아니라고 보았다. 비의지적 불쾌의 대상은 마음의 상처는 될지언정 의도적인 처벌과는 무관하다.

『논고』 3권 첫머리에서는 도덕적 판단에 이성이 어떤 역할을 하는지 묻는다. 여기서 흄은 『논고』 2권의 논점을 적용한다. 이성은 어떤 행위에 대한 결과를 가늠해 볼 수 있지만 그러한 결과가 환영할 만한 것인가에 대한 판단은 즐거움과 고통을 받아들이는 능력, 그리고 타인의 즐거움과 고통을 공유하는 능력에 달려 있다. 따로 "도의심"이나 "양심"이 필요한 것은 아니다. 좋고 나쁨을 분별하고 공감하는 능력만으로도 충분한 도덕적 판단이 가능하기 때문이다. 여기서도 흄의 주장은 반복된다. 즉 이성은 정념에 복무하며, 생생한 정념이 행동의 발로라는 것이다. 도덕이 행동으로 연결되려면 정념을 끌어안아야 한다. 그러나 도의심은 사리사욕 같은 강렬한 정념에 비해 약하다. 흄의 주장대로 금단의 열매가 유혹을 배가하면 금지만으로 행동을 막기는 어렵다. 정의의 경우, 그는 이익의 정념만이 이익의 정념을 통제할 수 있다고 주장한다. 사회 규칙의 준수도 더 큰 이익이 된다고 판단할 때만 한다는 얘기다. 물론 부모의 양육 같은 자연적 행동이나 공익에 도움이 되는 이기심은 인정하는 것이 현명하다. 인간 본성을 부인하는 것은 아니다. 인간의 동기와 능력에서 최선이되 펼치기 어렵지 않은 것을 낙점하는 것이 현명한 도덕 판단일 것이다. 흄은 "덕과 악의 갈림에는 정념이라는 타고난 힘"이 작용하며(T 483) 인간의 규준을 벗어나면 악이라고 말한다. 자신의 덕에 자긍심을 갖기 때문에 규범보다 덕을 더 낫다고 여기는 흄의 관점과는 조금 어긋나는 얘기다. 용기, 관용, 인내, 어려운 상황에서의 덕행은 자연 칭송의 대상이 된다.

『논고』에서 도덕은 "고결한 바탕", 즉 공감을 통해 행복과 불행을 공유하고 공동선을 위하려는 인간의 능력에서 비롯된다. 도덕의 근원은 신이나 악마의 위무가 아닌 "인간에 대한 외연적 공감"이다. 그래서 흄은 자신의 본성을 알면 인간의 도덕적 당위를 더 잘 이해할 수 있다고 본다. 그는 여기서도 성서의 내용을 수정한다. 특히 인간을 죄인으로 만들고 자연적 욕구를 금하는 것을 신의 명령으로 받아들이는 설교자들에 반박한다. 『논고』는 인간의 운명이 정해져 있고 죄의 육신을 억눌러야 한다는 기독교 교리에 대한 도전이었다. 흄에게 인간은 말하는 지적 동물로, 다른 고등 동물들과 함께 정념, 공감 능력, 경험적 학습 능력 등을 공유하는 존재이다. 그러나 인간은 다른 고등동물과 달리 언어 구사를 통해 자신의 경험을 타인과 공유하고, 바퀴, 베틀, 인쇄기뿐만 아니라 사회 협력 시스템을 창안하는 능력을 갖고 있다. 게다가 두려움과 경배의 마음으로 신 앞에 절하는 개탄스러운 성향도 있다. 흄은 1757년 출간한 『종교의 자연사 *The Natural History of Religion*』[3] 이후 인간 특유의 종교성을 면밀히 관찰하기 시작했다. 그러나 『논고』의 비종교적 성격을 높이 평가한 열성팬들은 1745년 그의 도덕철학회 에든버러 회장직 출마를 반대했던 사람들이었다.

흄은 『논고』 3권을 출간하면서 부록을 첨부했다. 부록에서 자신의 믿음에 대한 근거를 분명히 하였으며, '내가 나라고 믿는 정체성'을 설명한 『논고』 1권에 회의를 표한다. 일련의 지각이 이루어질 때 어느 하나가 다른 것들과 필연적인 관계없이 각각 존재한다고 주장한 것과 연속적인 지각들은 연관되어 있으므로 일련의 지각만으로도 개인사가 성립한다고 주장한 것 사이에서 모순을 감지한 것으로 보인다. 그는 이 지점을 "미로"라고 표현했으며, 흄 연구자들은 이 미로를 가늠해보려고 했지만 흄의 고민이 정확히 무엇이었는지 의견이 갈린다. 흄이 의식의 경험을 연속적인 흐

---

3 흄은 종교의 기원을 논하면서, 유신론이 종교의 본래 모습도 아니고 지고의 형태도 아니란 점을 보여주려 했다.

름이 아닌 "지각"이라는 단독적인 단위(비트)들로 설명한 것은 맞다. 그러나 서로 분리되는 이 비트들을 연결 짓는 관념 연합설[4]의 입장을 취하는데, 그렇다면 경험의 연속적 흐름에서 다소 인위적으로 떼어낸 것과의 연속성을 담보하기는 어렵다. 정신의 연관성은 생각이 다른 생각을 부르는 이유를 설명할 수 있지만, 인상이 꼬리를 물고 이어지는 것은 설명하지 못한다. 물론 그가 말하는 "지각의 묶음" 속에는 관념뿐 아니라 인상도 있다. 연관이라는 개념은 경험의 기억이 왜 연관성 있는 기억을 불러오는지 설명할 수 있다. 하지만 시간 순서를 기억하는 것에 대해서는 설명하지 못한다. 이것이 그가 걱정했던 부분일까? 공간과 시간이라는 관념에 담기는 내용은 지각이 생성되는 방식에서 나온다. 즉 감관에 들어온 인상일 경우 공간에 퍼져 있고, 시간의 흐름을 포괄한다. 아마도 이 과정은 사람마다 조금씩 다를 것이다. 그래서 내가 지각한 시공간과 타인이 지각한 시공간은 일치하지 않는다. 그렇다고 나의 지각들이 필연적으로 연결되는 것은 아니지만 "나의 지각"이라고 할 때 "나의"라는 말에

4   정신 현상을 단순한 단위들의 상호 연관 네트워크로 설명하는 관점. 정
    신 현상의 연속, 생각의 이어짐 등을 담보하는 원리로는 유사성, 인접, 대
    비 등이 있다.

담긴 뜻 정도는 설명해 준다.(마리나 프라스카 스파다의 『흄의 '인간 본성에 관한 논고'에서의 자아와 공간』은 흄이 생각한 다양한 지각의 경로를 다룬다.) 이후 흄은 이 주제를 다시 꺼내지 않기 때문에 그의 생각이 변했는지 알 수 없다. 본서의 장마다 첫머리에 놓은 흄의 자서전 내용을 말년에 삶의 통일성으로 돌아간 것으로 보아야 할까?

흄의 초기 독자들은 인간 본성에 대한 그의 해석이 혁신적이라는 것을 알았을까? 물론 흄이 기독교의 원죄를 무시한 최초의 사상가는 아니다. 그러나 흄 이전의 케임브리지 플라톤 학파도 흄처럼 자연주의적 관점으로 인간 본성을 설명하는 데까지는 나아가지 않았다.

인간 본성에 관한 극단적인 추상적 사변은 너무나도 차갑고 불유쾌하지만 실천 도덕에 일조할 것이다. 그 덕에 실천 도덕이라는 학문이 어엿한 규율과 설득력을 갖출 수 있을 것이다.(T 621)

흄은 실천 도덕의 내용도 개선하고, 인간 정신과 인격에 대한 인식도 바꾸었다. 그는 인간 정신에 연역추리도 들어 있지만, 믿음은 대부분 귀납추리와 정신의 연상 작용에 따른다고 보았다. 오늘날 인지과학 분야의 관념연합설과 신경 네트워크론자들은 흄을 돌아볼 필요가 있다. 흄이 인간의 사고를 지칭한 "이웃 뇌세포 뒤지기"가 영웅적 선구가 될 것이기 때문이다. 정신에 대한 구상주의 이론을 편 미국 철학자 제리 포더는 흄 학파의 변종*Humean Variations* (이것은 그의 책 제목이기도 하다)을 자처한다. 정작 『논고』 독자들은 인간 본성에 관한 그의 추상적 사변이 차갑고 재미없다고 생각했으며, 흄은 저서에 대한 냉정한 반응과 저조한 판매에 실망했다. 그는 애초에 "열성 팬들 사이에서 화젯거리가 될 것"을 기대했기 때문이다. 흄은 비평가 한두 명을 제외하고 모두에게 무시당했다는 사실에 더욱더 실망한다. 훗날 그는 『논고』의 출간이 너무 일렀으며 오랜 시간 수정하고 긴 추론 과정을 거쳤어야 했다고 후회했다. "원칙"에는 문제가 없지만 "몇몇 추론 과정과 표현의 결함"이 있었음을 인정한 것이다. 이러한 문제점 찾기는 후세 독자들의 흥밋거리가 됐다. 자신의 검증된 관점을 알려면 후기 저작들을 보라는 흄의 권고는 그렇게 무시됐다. 그의 최종적인 관점은 종교에 대한 반감을 더욱 뚜렷이 드러낸다. 그의 첫 저작은 젊은이답게 넓고 대담한 시야를 보여주며, 후기에 표명된 논제들은 초기의 인위적인 전개보다 더 생동감 있고 명쾌하다. 흄 자신이 훗날 평가절하한 『논고』는 그의 팬 대부분이 좋아한다. 헉슬리는 『논고』가 인간 본성과 동물 본성의 관계를 혁신적으로 설명하고 있다고 극찬했다. 그 이후의 비타협적 자연주의도 "총명함"을 인정받았다. 헉슬리는 흄이 25살도 채 되기 전에 쓴 『논고』를 "그 자체로도, 또 사상사에 끼친 영향으로도 역대 최고의 철학서"라고 평가했다. 이렇게 긍정적인 평가를 받는 책을 저자 자신은 읽지 않기를 바랐다는 점에서 아이러니하다. 그러나 『나의 생애My Own Life』에서는 읽기를 권장했던 다른 책들보다 『논고』와 그 수용에 대해 더 많은 지면을 할애했다. 그는 『논고』에서 "금지된 것"은 더 갈망하게 된다고 말한 바 있다. 어쩌면 『논고』를 읽지 말라는 그의 권고도 의도된 전략일지 모르겠다.

3장

『인간 본성에 관한 논고』
이후

1742년 에든버러에서 첫 에세이를 발간했는데, 반응이 좋아서 실패의 기억을 완전히 털어냈다. 나는 시골에서 어머니, 형과 함께 지내며 젊은 시절에 소홀했던 그리스어를 다시 공부했다.

1745년 애넌데일의 후작에게서 잉글랜드로 오라는 초청 서한을 받았다. 그 귀족 청년의 친구와 가족도 내가 이 청년의 심신을 돌봐주기를 바랐다. 그렇게 꼬박 열두 달을 후작과 함께 지냈다. 덕분에 주머니 사정이 꽤 나아졌다. 그 후에는 캐나다 정복길에 나서는 아서 세인트클레어 장군에서 비서관 제안을 받았다. 원정은 겨우 프랑스 해안에서 막을 내렸다. 이듬해, 1747년 클레어 장군에게 군비서관 자격으로 빈과 토리노 법정에 출석해 달라는 요청을 받았다. 나는 장교복을 차려입은 후 해리 어스킨, 그랜트 대위(현 그랜트 장군)와 나란히 장군의 부관 자격으로 법정에 섰다. 내 평생에서 공부를 못한 때가 있다면 이 2년이 유일할 것이다. 나는 사람들 틈에서 아주 잘 지냈다. 열심히 일하고 근검절약 해서 형편도 폈다. 이 정도면 독립이라고 생각했지만 내 친구들은 웃어넘겼다. 어쨌든 그 시기에 내 손에는 1천 파운드 가까이 있었다.

『논고』의 실패는 내용이 아닌 방법 때문이며, 너무 이른 시기에 원고를 넘기는 우를 범했다는 생각을 지울 수가 없었다. 그래서 토리노에 있는 동안 『인간 오성에 관한 탐구Enquiry Concerning Human Understanding』를 내고, 여기에 『논고』 첫 부분을 첨부했다. 그러나 이 책도 처 음엔 『논고』보다 나을 것이 없었다. 나는 이탈리아에서 돌아오는 길에 코니어 미들턴 박사의 『자유로운 탐구 Free Enquiry』로 영국 전체가 들썩이는 걸 알고 패배감을 느꼈다. 런던에서 출간한 나의 신간 『도덕과 정치 소론 Essays, moral and political』(1741-1742)에 대한 반응도 『인간 오성에 관한 탐구』와 별반 다를 것이 없었다.

하지만 특유의 천성 덕분에 이러한 실패에도 기죽
지 않았다. 1749년, 어머니가 돌아가신 후 고향에 내
려가 2년 동안 형과 함께 지냈다. 이 시기에 『정치론
Political Discourses』 두 번째 부분을 썼고, 『논고』의 다
른 부분을 개편하여 『도덕 원리에 관한 탐구*Enquiry
concerning the Principles of Morals*』를 썼다. 한편 출판인 밀
러는 내 저서들(운이 없었던 『논고』만 빼고)이 이야깃
거리가 되기 시작했다며 개정판을 내자고 했다. 일 년
에 두세 차례 성직자들의 입에 오르내리고, 윌리엄 워버
턴 박사의 혹평 덕택에 나의 저작이 주목받기 시작했다
는 것을 알 수 있었다. 그러나 외부의 어떤 평가에도 반
응하지 않겠다고 마음먹은 터였고 워낙 쉽게 흥분하는 성
정이 아니기 때문에, 온갖 시비에도 초연할 수 있었다.
그래도 이처럼 사람들의 입에 오르내리자 왠지 힘이 나서

부정적이기보다는 긍정적인 시선을 갖게 됐다.

1751년, 나는 시골에서 도회지로 이사했는데, 이는 글줄이나 읽는 사람에게 어울리는 결단이었다. 이 시기에 에든버러에 거주하며 『정치론』을 출간했다. 첫 출간 때부터 성공한 책은 이것뿐이다. 이 책은 국내외에서 큰 호응을 얻었다. 같은 해, 런던에서 『도덕 원리에 관한 탐구』를 출간했다. 외람되지만 이 책이야말로 역사, 철학, 문학을 통틀어 내 저서 가운데 단연 최고이지 싶다. 하지만 세상은 조금도 주목하지 않았다.

흄은 이처럼 난해한 철학이 일반에 읽히기 어렵다고 보고 대중적인 글로 방향을 튼 것으로 보인다. 언론과 표현의 자유부터 섬세한 취향과 정념, 민족성, 예술과 과학의 부상, 결혼과 이혼에 이르기까지 다양한 주제를 다룬 에세이들을 냈다. 그중에는 조지프 애디슨과 리처드 스틸을 모방해 여성 독자를 염두에 둔 글도 있다. 후에 그는 이렇게 독자의 눈높이에 맞추는 글쓰기를 "경박하고" 모호하다고 판단해 중단했다. 또 정치 에세이도 있는데, 영국의 정당 체제, 시민권, "영국 정부가 절대왕정인가 공화정인가" 따위를 논한다. 결국 흄은 올리버 크롬웰의 공화정을 지지한다. 철학자들의 네 가지 기질, 즉 플라톤주의자, 쾌락주의자, 금욕주의자, 회의론자를 다룬 네 편의 에세이도 있다. 그 가운데 가장 긴 마지막 에세이는 회의론자를 자처한 흄 자신을 이야기한 것으로 보인다. 그의 초기 에세이 가운데 「미신과 열광에 관하여 Of Superstition and Enthusiasm」는 흄의 생애 후반부 연구에 중요하다. 구교와 신교의 성향을 대립항으로 놓은 이 에세이는 그의 시각을 넓혀 주었으며 종교적 믿음과 미신을 보편적으로 다룬 『종교의 자연사』의 토대가 된다. 취향의 설득력과 취약성에 대한 에세이는 후반기에 쓴 논문 「취향의 기준에 관하여 Of the Standard of Taste」의 기초가 된다. 그는 여러 주제들을 다룬 초기 에세이 덕분에 처음 계획했던 대로 다른 책 두 권에서 『논고』에서 다루지 못한 분야로 관심을 확대할 수 있었다. 다행히 새로 펴낸 두 편의 에세이는 반응이 좋았다.

흄은 『논고』에서 펼친 논리들이 용이하게 읽히도록 개편하겠다는 생각을 버리지 않았다. 그래서 심리불안증이 있는 애넌데일 후작의 가정교사로 내키지 않는 생활을 하며 에든버러 철학 회장이 되려다 실패하였고, 『논고』 세 권을 모두 축약하여 "재구성"하기 시작했다. 1748년 먼 사촌인 세인트클레어 장군의 비서로 토리노에 머물면서 『인간 오성에 관한 에세이(후에 논고 Enquiry) Essays Concerning Human Understanding』를 발간했다. 그는 오스트리아 왕위 계승 전쟁[5]이 끝날 무렵 빈, 토리노, 사르디니아가 맺은 휴전협정을 감시하면서 군사 대사관에서 2년을 보냈다.(영국은 프로이센, 프랑스, 에스파냐와 맞서고 있는 오스트리아 편을 들었다. 흄의 성인 시절 대부분의 기간 동안 영국과 프랑스는 전쟁 중이었다. 그는 휴전 기간에 프랑스에 두 번이나 장기 체류했다.) 1751년 『논고』 3권의 수정판 『도덕 원리에 관한 탐구』가 출간되었다. 마지막으로 출간된 책은 『논고』 2권을 대폭 축약한 『정념에 관하여 *Of the Passions*』로서 1757년 출간된 『네 논문 *Four Dissertations*』에 도 포함됐다. 나머지 세 논문은 매우 공격적인 「종교의 자연 사」와 짤막한 「비극에 관하여」, 호응이 컸던 「취향의 기준 에 관하여」다. 특히 「취향의 기준에 관하여」는 서로 받아들 이는 기준이 다양해 무엇이 좋은 문학인가를 두고 대립하는 의견 불일치와 각자의 판단을 이해하지 못해서 발생하는 의 견 불일치에 관해 설명한다. 흄은 1752년 정치학과 경제학 에 관한 에세이로 큰 호응을 얻었고, 이 에세이들은 즉각 프

5 1740년에 오스트리아의 왕위 계승을 둘러싸고 일어난 국제 전쟁. 식민지 문제를 두고 서유럽 열강, 특히 영국과 프랑스의 대립이 심해지는 가운 데 신성 로마 황제 카를 6세는 장녀 마리아 테레지아에게 전 영토를 물 려주려 했다. 마리아 테레지아의 즉위에 반대하여 바이에른, 에스파냐, 작센과 반反오스트리아 세력인 프로이센, 프랑스가 동맹을 맺고 이에 맞 서 영국과 손잡은 오스트리아가 벌인 전쟁이다. 1748년 아헨 화약으로 종결되었다.

랑스어로 번역되었다.

흄은 1745년 가정교사로 일하면서 『논고』 1권을 대거 수정하여 『오성에 관한 에세이』(후에 에세이를 탐구로 변경)로 냈다. 『논고』 2권을 「정념에 관한 논문*A Dissertation of the Passions*」(나중에 "논문A Dissertation of"을 "관하여On"로 고침)이란 제목으로 낸 것도 이 시기이며, 에든버러 회장직에 지원한 것도 같은 시기이다. 흄은 회장직 출마 반대자들이 『논고』를 반박한 것에 재반박하기 위해 익명으로 "신사가 에든버러에 있는 친구에게 보내는 편지"를 써서 구츠 시장에게 보냈고, 헨리 홈이 편집하여 발간했다. 헨리 홈은 『논고』 1권에서 등장하는 원인 개념을 분석한 "요약본"을 발간한 바 있다. 이 요약본은 『논고』 세 권을 관통하는 연계에 대한 설명에도 집중한다. 이 익명의 팸플릿이 대응하는 비난은 『논고』 1권의 관점들에 관한 것이다. 『논고』 1권은 "도덕의 기반을 약화한다"라는 비난을 받았으며 무신론자, 비물질적 존재에 대한 부정 등의 혐의를 안겼다. 경험, 나아가 정신까지 지각들의 연속으로 격하시킨 것이 공격의 대상이 됐고, 그의 회의론 역시 공격을 면치 못했다. 인과 추론이 이미 경험한 규칙성에 기초한다는 흄의 시각은 회의론, 반종교적 결론의 바탕으로 여겨졌다. 흄이 말하는 원인이 제일원인을 배제하는 것처럼 보였기 때문이다. 『오성에 관한 탐구』에서 보듯 우주의 생성 원인을 생각하려면 우주와 원인 사이의 항상적 연계에 대한 수많은 경험이 있어야 한다. 흄과 헨리 홈이 편지를 주고받은 것은 무신론이나 유물론처럼 흄에게 쏠리는 비판을 그대로 싣고, 실제 귀결점은 그렇지 않다고 말하는 것이었다. 엄밀히 말하면, 그가 그런 결론을 이끌어 낸 것은 사실이 아니다.『논고』의 요약본이 균형을 유지하지 못했으므로 그들의 편지는 다소 솔직하지 못한 점이 있다. 물론 흄과 친구들 입장에서는 이 방대한 책에서 맥락을 무시하고 "편파적으로 절름발이 발췌"해서 트집을 잡는 것은 못마땅한 일이었다. 흄의 편지에는 심지어 우주의 명징한 설계에서 신의 존재를 유추하는 것도 자신의 인과 추론에서 탄력을 받았다는 주장까지 나온다. 아름다운 건축물을 보면 자연스럽게 명민한 건축가의 "디자인"을 떠올리는 것과 같은 이치라는 것이다.

흄은 구츠 시장에게 편지를 쓸 무렵『탐구』첫 권을 집필 중이었다. 이 책에는 기독교 신앙의 근거를 공개 비판하는 두 섹션이 있다. 섹션 10 "기적에 관하여"와 섹션 11 "섭리와 미래에 대해"이다. 흄은 "우주의 가시적 현상들"로부터 이성적으로 추론하는 창조자를 에피쿠로스의 관점으로 바라본다. 섹션 11에서는 에피쿠로스의 말을 인용한 뒤 이 세계라는 유일무이한 결과를 두고 원인(들)이 있다고 믿

을 근거가 전혀 없다고 주장한다. 흐름에 규칙성이 있어야
만 그 원인을 추론할 수 있기 때문이다. 에피쿠로스의 인용
은 이 세계를 있게 한 원인이라면, 거기에는 그 결과 즉 현
재 상태의 세계를 해명할 요소들만 가지고 있어야 한다는
의미이다. 이 세상에 "분배적" 정의가 없다면 이 세상의 '창
조자'가 선하고 정의롭다고 말할 수 없다는 것이다. 에피쿠
로스는 이생의 불의를 만회하는 내세를 만드는 것을 종교의
역할로 보았지만, 이는 공상에 불과하다. 흄은 곧이어『자연
종교에 관한 대화Dialogues on Natural Religion』 집필에 들어간
다. 위대한 창조자를 상정할 만큼 이 세상은 훌륭하다는 그
의 주장은 여기서 가차 없이 공격당한다. 그러고 보면『논
고』의 저자가 "디자인이 근거"라는 생각을 지지하는 시늉
을 한 것은 음흉한 처사였다. 엄밀히 따지면 공격이랄 것도
없었다.『논고』초판이 유추론을 편 뒤 설계론을 언급했을
가능성도 있다. 이는 "숭고한 부분을 떼내고" 버틀러 주교에
게 보여주기 전을 말한다. 그 부분을 삭제하고 나서도 무신
론으로 공격받았을 때 흄의 기분은 참담했을 것이다. 흄의
친구들은 디자인 논거에 대한 그의 공격이 불러올 격한 반
감을 고려해서 이것을 흄의 생전에는 출간하지 않았다. 친
구들이 두려워했던 것은『자연 종교에 관한 대화』의 독자
들이 편지에 쓰인 흄의 신랄한 표현들을 기억할 것이라는

사실이었다.『논고』가 애초의 기대만큼 회자되기까지 6년이 걸렸다. 그러나 흄은 이런 호응을 별로 중시하지 않았던 것 같다.

흄이 철학 교수가 되지 못한 것은 아쉬운 일일까? 그는 젊은이들과 잘 어울렸지만, 법이나 성직을 바라는 스코틀랜드의 젊은이들과는 어울리지 않았다. 그에게는 교수다운 근엄함이 없지만, 바로 이 점이 그의 매력이기도 하다. 웨스트민스터 신앙고백[6] 지지도 눈 가리고 아웅 하는 식이었다. 다만 오스트리아 전쟁이 끝나고 유럽 곳곳을 돌아보며 했던 세상 경험이 후기 에세이들의 좋은 자료가 된다. 흄은 형에게 쓴 편지에 세인트클레어 장군과 함께 한 여행이 좋았으며, 여행은 편견 치료의 첩경이라고 적었다. 그는 라인강의 비옥함을 감탄하며, 배로 다뉴브강을 따라 빈으로 갔다. 그곳에서 마리아 테레지아는 흄의 일행이 등을 보이지 않고 물러나는 공식 퇴장 격식을 불편해할까 염려하여 격식을 갖추지 않아도 된다고 전했다. 흄의 눈에 빈은 한 나라의 수도라기에는 턱없이 작아 보였다. 그는 "유녀"들을 "터키인 같은 이교도들의 타락을 겨냥해 헝가리 접경"으로 방출한 조

---

6 1643년 잉글랜드 의회가 웨스트민스터 사원에 성직자들을 소집해 영국 교회의 예배, 교리, 운영에 관해 3년 이상 논의 끝에 내세웠다.

치를 조롱했다(L 1: 128). 그는 슈타이어마르크지역 주민들의 갑상선 질환과 기형을 언급하며, 오스트리아보다 독일에서의 삶이 더 낫다고 판단했다. 또한 빈에서 시작하는 남부 루트, 즉 "이민족들의 로마제국 침공 루트"에 대해 "적국 진격 직전에 쓸모없는 부상병을 떨어뜨려 놓던 곳"이라 추정한다. 흄은 "이들이 현 주민의 조상이 맞는지" 의아하게 생각했는데, "옷도 유럽식이 아니고 생김새도 이색적이었기" 때문이다. 케른텐Kernten[7]은 경관이 아름답지만 주민들은 별로다. 반면 남 티롤South Tirol[8]은 "사람들이 바뀌었다… 면면에 인간애, 영혼과 풍요의 기운이 넘친다. 하지만 땅은 스티리아Stiria(독일명은 Steiermark)보다 더 황량하다."(L 1: 131) 흄은 베르길리우스가 태어난 이탈리아 만토바 땅에 입맞춤했지만 가난에 찌든 곳임을 알게 되었다. 그는 토리노에 잠시 머물 예정이라는 말을 끝으로 형에게 보내는 편지를 마친다. 흄이 토리노에서 한 일이라고는 장군을 보좌해서 대신 편지를 쓰고, 몽테스키외를 읽고, 비밀 구애자를 숨겨 놓은 젊은 유

---

7   영어로 카린시아Carinthia라고도 한다. 오스트리아의 지붕 호에타우에른 산맥의 남쪽 사면을 차지하는 지역으로, 드라바강 유역에 위치하고 남쪽은 카르니셰알펜에서 이탈리아, 슬로베니아와 접한다.

8   원래 오스트리아 티롤 주의 일부. 1919년에 이탈리아로 할양되어 현재는 이탈리아 동북부의 주인 트렌티노알토 아디제 자치주의 일부다.

부녀에게 어설픈 존경을 표하는 일 말고는 알려진 것이 없다. (제임스 콜드페일드는 이 스캔들에 곱지 않은 시선을 보냈다.) 그러나 몇몇 이탈리아 학자들(에밀리오 마자, 에도아르디 피콜리)이 토리노 시절의 흄에 대한 연구를 이어가고 있다.

『논고』 1권을 개작한 첫 번째 『탐구』는 초판과 어떤 점이 달라졌을까? 『논고』에서 빠졌던 반종교적인 내용 일부가 다시 들어가고, '내'가 '나'라고 생각하는 것이 무엇인지 설명하는 부분이 빠졌다. 또 시간과 공간 개념이 어떻게 생성되는지, 인과 추론과 가능성 추정이 어떻게 일어나는지에 대한 상론도 빠졌다. 내 생각에(독자들 생각은 어떨지 모르지만) 가장 중요한 차이는 "책과 대화"가 정보의 보고이며, '내' 경험과 모순되지 않다는 전제 아래 과학자들의 말을 자연법칙으로 통 크게 인정한 것, 신념과 원인에 대한 정의를 수정한 것이다. 원인에 대한 정의는 두 가지 면에서 바뀌었다. 원인과 결과가 시간적, 공간적으로 가까워야 한다는 필요조건을 철회하고, 원인 또는 결과의 "인상"에 대한 모든 추론을 삭제했다. 이는 생생한 인상과 덜 생생한 개념의 대립 구도를 버린 것이 아니라 믿음에 대한 관점을 바꿨기 때문이다. 즉 『논고』는 믿음의 대상이 되는 관념에 생명력이 있으려면 현재의 인상 혹은 기억 속 인상이 필요하다고 주장한 바 있다. 신념은 대개 세뇌와 고증이 아니면 관찰, 기억, 인과 추론으로 생긴다.『탐구』의 인과 추론에서 새로운 신념이 생기는 것을 설명한 부분은 초기 평론가들의 웃음거리였던『논고』의 생명력 전이론을 의심한 결과이다. 생명력 전이에서 실재한다고 상정했던 정신 원인의 인상을 찾아내는 것도 문제였다.

흄의 독자들이『논고』원본을 보지 못했기 때문에 내 말이 오해의 소지가 될 수도 있다.『논고』원본에는 의외의 모순점이 있다. 보통 원인이라는 것에 대한 흄의 정의로는 정신, 정신에 의한 지각, 지각들의 상호 인과관계에 대해 그가 말한 인과의 고리는 설명되지 않는다. 원인으로서의 지각은 실제 공간을 차지하지 않으며, 여기에 감각적 인상은 있을 수 없기 때문이다. 원인에 대한 새로운 정의에는 정신 원인에도 자리가 마련되었다. 이는 당연히 정신을 연구하는 과학자로서 흄의 주된 관심사이다. 첫 번째『탐구』에서 정신과학은 융합 학문의 양상을 띠고, 여기에 가용되는 정의만으로 새로운 사실을 찾아낼 수 있을뿐더러, 다른 분야에도 영향을 미칠 수 있다. 이 자체는 이미 한 걸음 나아간 것일지도 모른다. 하지만 정작 인간의 사고를 연구한 장본인으로서 자신이 전에 골몰했던 개인의 정체성에 관한 신념 같은 주제들에 대해서는 발을 빼고 있다.

첫 번째『탐구』에는 자아 개념에 대한 언급이 없다. 믿음을 만드는 습성은 본능이며, 본능은 설명할 수 없는 것이라고 치부하고 지나갈 뿐이다. 이는 인간이 다른 동물들과 더 가까워진 셈이다. 인간 진보를 이처럼 다르게 설명한 것에 따르면, 읽고 말하는 능력, 과학을 연구하고 상대의 증거를 판별하는 능력 덕분에 인간 본능이 조금 더 확장되었을 뿐 인지 본능에 의존하는 것은 다른 동물들과 다를 바 없다. 흄이 전개한 주제는 '의지의 자유'와 관련된 문제였다. 인간 행위는 정념과 신념의 소산으로 예측이 가능하다는 『논고』의 논지에 덧붙여 나쁜 결과에 대한 비난은 인간 의지 배후에 있는 다른 의지(최면술사의 의지와 같은)로 향하게 마련이라고 주장한다. 요컨대 신이 우리를 만들었고, 우리가 어떤 결정을 내리고 어떤 결과를 맞을지 미리 알고 있다면, 악의 책임 소재는 신에게도 있다는 것이다. 이것이 『논고』에서 빠진 반종교적인 부분 중 하나일지도 모른다. 이는 그가 논의한 자유와 필연의 문제와 다시 맞물린다. 『탐구』가 위대한 계몽서라고 갈채를 보내는 사람이 있는 반면 『논고』에서 잘려나간 탁월한 부분들을 평가해서 『탐구』보다 『논고』를 더 높게 쳐주기도 한다. 흄은 『논고』를 무시하고 이후에 나온 저작들에 집중해주기를 바랐지만 그의 생각은 받아들여지지 않았다. 오히려 첫 번째 『탐구』를 칭송하는 사람들조차도 『논고』로 거슬러 올라가 두 책을 비교하고 대조해 본다.

『논고』2권을 개작한『정념론Dissertation on the Passions』(1757) 에는 도발적이고 흥미롭지만 주목받지 못한 내용들이 많이 빠져 있다. 대신 재미있는 부분들이 새로 추가되었다. 정념이 생성되어 움직이는 메커니즘에는 규칙성이 있어 물체의 운동 법칙이나 광학, 자연과학만큼이나 엄밀한 학문이 될 수 있다는 주장이 그것이다. 이는 스피노자의 저서 중 인간 감정을 다룬『에티카Ethics』3권 서문에서 나오는 내용과 동일하다. 감정만 따로 떼어 놓고 보면 다른 개별자와 동일한 자연의 필연성에 따르므로 인간의 행위와 욕망을 선, 평면, 입체의 문제처럼 생각하겠다는 것이다. 흄과 스피노자는 홉스처럼 결정론자이다. 그들은 인간의 모든 행동이 예측 가능하다고 보았다. 정념을 바라보는 시선 곳곳에는 선구자들의 생각이 듬뿍 들어 있다. 여기에 말브랑슈를 조금 가미한 것으로 사실 그다지 독창적이지는 않다. 흄이 스피노자와 다른 점이라면 정념에 칼자루를 쥐여 줬다는 정도이다. 흄에게 이성은 정보 담당 부서에 불과했고, 그런 점에서 홉스와 일치한다.

　『논고』3권을 개작한『도덕 원리 탐구』는『논고』2권에서 나온『논고』3권의 심리학적 배경을 떨어냈다. 나는 이를 개악이라고 본다. 흄이『도덕 원리 탐구』를 쓴 시기는 "천 파운드 부자"가 되어 세상을 즐기게 된 때다. 이 시기 흄은 나인웰스로 돌아와 누나, 형과 함께 지낸다. (흄은 잉글랜드에 있을 때 모친을 여의고 매우 슬퍼했다.) 1751년 출간된 두 번째 『탐구』를 두고 흄은 자신의 저서 중 최고의 작품이라고 단언했다. 이 책을 읽은 독자들은 흄이 아베 르 블랑에게 "나의 총아"라고 이 작품을 소개한 것에 대해 고개를 갸우뚱했다. 『논고』 3권보다 훨씬 잘 다듬어진 『도덕 원리 탐구』는 선악에 대한 풍부한 예시를 역사적 사실에서 가져온다. 그는 정의를 말할 때 "인위적"이라는 용어를 피하고 "관습"이나 사회 협력 시스템 및 그에 대한 순응을 전제한 초창기 정의론의 핵을 그대로 가져온다. 대신 정의의 룰을 어기고도 빠져나갈 수 있다고 믿는 "눈치 빠른 무뢰한"에 대해 이야기하며 이를 지양했으면 하는 바람을 덧붙인다. 악당은 부를 얻겠지만 자신의 행동을 끊임없이 은폐하고 자존감까지 내놓아야 한다. 이에 개의치 않는다면 도덕을 가지고 설득할 방법은 없다. 결혼과 그에 부수하는 규율 위반에 대해서도 잠깐 언급한다. 여성의 정조가 "홀로 생존할 수 없는 긴 유년기" 때문에 "2세의 생존을 위해 부모가 같이 있어야" 한다는 취지의 미덕이라는 점에서, 부모 자식의 조합이 부부 관계에 대한 정절의 미덕을 요한다(E 206-207). 그러나 흄은 순결이 남편을 제외하고 아내에게만 요구된다는 점을 분명히 한다. 즉 그러한 미덕은 아름다운 상상이 아니고 태어난 아이의 생물학적 부권을 확인하기 위한 것일 뿐이다. 변호사로 에든버러 대학 윤리학 교수가 된 제임스 밸푸어는 여성의 순결을 일개 유용성으로 보는 흄의 시각에 격분했다.

『도덕 원리 탐구』는 도덕 판단에서 이성의 역할에 한계가 있다는 점을 크게 떠들지 않는다. 미덕이 인정됨은 좋기 때문이거나 당사자 또는 타인에게 유용하기 때문인데, 효용성을 판단할 때 이성이 활발하게 움직여 결론을 끌어낸다. 하지만 무엇이 미덕인가에 대한 최종 판단을 하는 것은 취향이나 감정인데, 그렇더라도 사실관계를 밝혀 깊이 생각하는 것이 병행되어야 한다. 이런 관점은 『논고』의 주장과는 판이하다. 이성이 정념에 복무하며 행동을 유발할 수 없다는 『논고』의 주장보다는 덜 충격적이지만, 종교인의 입장에서 보면 여전히 충격적인 주장이다. "수도자의 미덕"인 "금욕, 금식, 고해성사, 고행, 자기부정, 겸손, 침묵, 고독"을 오히려 악덕의 토양으로 여기기 때문이다. 즉 "이해력을 마비시키고 마음을 완고하게 만들며 심상을 흐리게 하고 성질을 비뚤어지게 한다"라는 것이다(E 270). 제임스 밸푸어는 이러한.흄의 주장에 격분했다. 육체의 이점 특히 성적인 매력에 대해서 『논고』와 유사하게 도덕적 미덕이라는 견해를 유지하며, 개인의 매력을 도덕적 미덕으로 간주한 사실에 분노한 것이다. 실제로 밸푸어는 흄의 '해악'에 맞서기 위해

『도덕의 본질과 의무에 대한 서술*A Delineation of the Nature and Obligation of Morality*』을 썼다. 밸푸어 뒤를 이어 애덤 스미스도 흄이 "자제심"을 과소평가했다고 여겼고, 어찌할 수 있는 것과 어쩔 수 없는 것의 차이는 도덕의 문제가 아니며 미덕에는 자발적인 능력, 무의식적 능력도 포함된다는 흄의 견해에 동의하지 않았다. 이는 누군가를 처벌할 경우에는 의미가 있지만, 흄의 주장대로라면 어떤 성품이 칭송의 대상이 되는지 비난의 대상이 되는지 판가름하는 데에는 중요하지 않다. 흄은 상대를 평가할 때 몰도덕적 관점, 에피쿠로스학파적 견해를 내놓는다. 행복의 증대를 도덕의 핵으로 본 그의 관점은 제러미 벤담과 후대 공리주의자들에게 영감을 불어넣었다.

두 권의『탐구』는 결론이 대조적이다. 첫 번째『탐구』에서 수학이나 "실험적 추론"이 없는 책은 다 태워 버리라는 도발적 결론으로 끝을 맺는데, 정작 이 책 자체도 이런 기준을 통과하지 못함은 명명백백하다. 그는 두 번째『탐구』의 "결론"(네 편의 부록 앞)에서까지 어떤 성품이 좋은 것인지에 관해 일치를 볼 수 있다는 애초의 주장에서 의심 상태로 후퇴한다. "도덕적 의무의 기초에 대한 논란이 아직 진행 중"이라는 것이다. 흄의 최종 결론이라 할『자연 종교에 관한 대화』도 이 문제에 관해서는 미결 상태이다. 이 책에서는 자살, 유아 살해, 동성애, 간통 같은 인간사의 논란거리를 열거하며 철학적 "열광"에 대한 경고로 끝을 맺는다. 요컨대 이 『대화』야말로 매우 신중한 저작이다. 하지만 동전의 양면만 제시할 뿐 결론이 없다는 점이 문제다. 밸푸어와 비티를 격분하게 하면서 애덤 스미스도 충분히 만족시키지 못했음을 볼 때 흄의 사고가 장 칼뱅과 존 녹스의 가르침을 온존하고 있음을 알 수 있다. 그러고 보면 흄이 칼뱅과 녹스에게서 벗어난 것은 그야말로 기적이다. 어떻게 그럴 수 있었을까? 흄은 『논고』를 쓸 당시 낭비벽에 대한 입장만 제외하면 청교도적 금욕에서 벗어난 상태였다. 그렇기 때문에 칼뱅과 녹스에서 벗어난 것이 덜 청교도적인 외래문화의 영향이라고 보기는 어렵다. 초창기 "검소한 생활"은 끝까지 그의 자랑거리였다. 원제가 「사치에 대하여 Of Luxury」였던 에세이 「세련된 예술 Refinement in the Arts」은 소비의 즐거움이 경제적, 문화적 이익을 가져오기도 한다고 강조한다. 흄이 젊은 시절에 겪은 일들이 그를 조심스러운 쾌락주의자로 만들었고, 그래서 그의 윤리관은 도덕이 꼭 흥을 깨는 것은 아니며 "우울함"을 뒤집어쓸 필요도 없음을 보여주는 좋은 사례이다. 즉 도덕은 의지만 따라주면 "더 큰 행복"을 만들어낼 수 있다는 것이다.

흄은 1752년에 출간한 『정치론』을 "초판에 성공한 나의 유일한 저작"이라고 했다. 이 책에는 사치, 영국 정당 체제에 대한 소론, 정부에 대한 복종을 내용으로 하는 두 편의 소론 「신교의 계승 *The Protestant Succession* 」과 제목이 이색적인 「완전 국가 개념 *The Idea of a Perfect Commonwealth* 」, 인구에 대한 해박한 소론, 「주목할 만한 관습」에 관한 뛰어난 소론뿐 아니라 돈, 이자, 신용, 무역, 세금에 관한 소론도 있다. 이 모든 글들은 경제학에 중요한 자료이며 애덤 스미스에게 큰 영향을 끼쳤다. 「주목할 만한 관습」은 한 국가 안에서 관습과 국가가 용인하는 원칙에 대항하는 듯한 관습들을 다룬다. 법을 입안해서 승인됐는데 공공의 이해에 반하는 결과를 냈을 때 그 법을 제안한 사람을 기소하는 아네테와 테베의 관습이 한 용례이다. 흄의 말대로 이 관습은 토론 자유를 위협하는 것처럼 보이지만 선동을 막는 효과적인 장치이다. 이러한 사열권을 심리하는 특별법원에서 데모스테네스의 유려한 변론들이 나왔다. 두 번째로 주목할 만한 관습은 입법기관을 백부장 회의와 호민관 회의 두 개로 분리한 로마의 용례이다. 이러한 관습은 오랜 기간 잘 작동하였으나, 안토니우스 시대에 백부장 회의 처리 안건인 지방 총독 임명권을 호민관 회의에 맡기면서 그 규정이 깨졌다. 세 번째 주목할 만한 관습은 영국 왕에게 주어지는 수병 강제 징병 운용권이었다. 강제 징집대는 해군을 모집하기 위해 남성의

"마음을 움직이도록"(사실상 강제 징집) 고용된 사람들이었다. 당시 다른 사안에서는 의회가 세금이나 공무로 왕을 지원하게 되어 있었다. 이 관례는 북아메리카 식민지들의 반란을 촉발한 한 가지 이유였다. 흄은 이 관례가 영국인의 자유를 침해하는 것임은 명백하지만, 해군 병력을 보충할 뾰족한 수가 없었으므로 지속될 것으로 예상했다.(이후 징병제는 정착된다. 최초의 징병제는 프랑스혁명 중에 일시적으로 실시됐다.) 또한 선박세 납부를 거부한 존 햄던을 지지하며 배와 선원을 공급하는 일은 왕권이 아닌 의회 소관임을 강조했다.

찰스 1세가 의회의 동의 없이 조함세를 부과했을 때, 햄던이 이를 거부하면서 영웅이 되었다. 그러나 군을 모집하는 일은 의회의 저항 없이, 암묵적인 동의하에 이루어졌다. 정말 이상했다. 왕이 부과한 조함세는 거부하면서 젊은이들을 강제 징집하는 왕의 권한은 허용하는 것이다. 그러나 이 복합적인 관습은 흄이 고찰한 다른 관습과는 달랐다. 해군 병력을 공급하기 위한 조치임에도 젊은이들 모병에는 잘 먹히지 않았다는 점이 그렇다. 그렇다면 흄의 입장은 이 관습의 중단이었을까? 이 소론은 탁월하지만 약간 모호하다. 대니얼 디포는 1728년 해군 강제 징집에 반대하는 팸플릿을 만들었다. 그는 강제 징집대가 신병들을 이끌고 돌아오느라 유사시에 출정이 지연됐음을 지적했다. 이 관습은 에드워드

1세 시대에 시작되었고 엘리자베스 시대에 합법화되었다. 그러나 18세기 들어 항의의 목소리가 커졌고, 1814년에 나폴레옹을 물리친 뒤 폐지되었다.

흄은 소론 첫머리에 정치에는 예상할 수 없는 일들이 많아서 예외 없는 확고한 원칙을 세우는 것이 어려우며, 겉보기에는 실패할 것 같아도 실제로 성공하는 일들이 있다는 점을 보여주고 싶다고 적었다. 그가 예로 든 세 가지 관습은 명확한 모순을 안고 있다. 어떤 법이 후일 악법으로 판명되면 그 입안자를 기소하면서 정작 입법의회에서의 자유로운 토론을 바라는 그리스인, 같은 권한의 경쟁 기관이 엄연히 있음에도 한 기관에 법안 통과 권한을 부여한 로마 공화정, 조함세를 포함해서 시민에게 세금을 부과할 때 의회의 동의가 필요하지만 전시 강제 징집권은 독점적으로 쥐고 있는 영국 국왕 등이 그렇다. 북아메리카 반란군의 슬로건은 "대표 없이는 과세도 없다!"였다. 그러나 실상 반란의 원인을 제공한 것은 세금보다 강제 징집단이었다. "왜 과세에 대한 규정은 있고 강제 노동에 대한 규정은 없는가? 왜 배에 대한 규정은 있고 그 배에 타는 사람에 대한 규정은 없는가?" 이러한 흄의 질문은 어쩌면 예언적인 것이었다. 「완전 국가 개념」이 올리버 크롬웰 치하의 국가를 되돌아봤다면 「주목할 만한 관습」은 흄이 사망한 후 40년이 지나 없어진 강제 징집의 폐지를 예견했다.

그렇다면 노예제도와 강제 노동의 부정적인 측면, 즉 소작인이 영주를 위해 싸워야 하는 봉건제도 같은 더 나쁜 강제 노동 사례들은 어떤가?『고대 국가의 번성에 대하여 *Of the Populousness of Ancient Nations*』(1742)와『도덕 원리 탐구』에서 흄은 고대 노예제도의 잔인함에 뚜렷한 반감을 드러냈다. 그가 일했던 브리스틀 설탕 수입 회사의 배가 아프리카 노예들을 태우고 아메리카나 서인도제도로 향했을 가능성도 있다. 나는 이것이 흄이 이 회사에서 일찍 그만둔 이유라고 생각하고 싶지만 후일 흄이 노예제도에 관해 한 발언 말고는 이러한 추측을 뒷받침할 증거가 없다. 그의 소론「국민성에 대하여 *Of National Characters*」에는 명백히 인종차별적인 각주가 하나 있다. 피부가 검은 사람들이 예술과 과학 분야에서 재능을 보여준 적이 없다는 내용이다. 여기에서 흄은 기후가 국민성에 영향을 끼치는지 궁금해했지만 동포를 모방하는 것 같은 "도덕적" 원인에 더 비중을 둔다. 물론 그는 피부색, 어떤 능력의 유무를 떠나 더 "문명화된 사람들"이 그렇지 못한 사람들을 노예로 만든다고 생각하지 않았다. 노예제도 폐지는 강제 징집제의 폐지보다 훨씬 더 오래 걸렸다.『영국사』는 봉건시대로 거슬러 올라가 봉건제의 관습들을 다룬다. 흄은 자기 시대와 가장 가까운 세기, 튜더왕조,[9] 중세 순으로 역사를 거슬러 다룬다.

흄은 십 년간 종교 문제에 마음을 빼앗겼다. 그는 초창기 소론 「미신과 열광에 관하여 *Of Superstition and Enthusiasm*」에서 종교 문제를 논제로 올린다. 가톨릭은 성상에 대한 예배와 기도의 힘을 믿는 미신인 반면 개신교는 종교적 "열광" 혹은 자신의 성령 감응에 대한 믿음을 보여준다. 흄은 미신에 대항하는 일부 개신교도들의 행동이 "극렬할지" 모르지만 궁극적으로 미신보다 의견의 자유에 도움이 된다고 생각했다. 이 소론은 여러 형태의 기독교를 논하는 데 그치지만 이 시기에 쓴 『종교의 자연사』에서는 그 시야가 넓어진다. 『종교의 자연사』는 1757년이 되어서야 『네 논문』 가운데 하나로 『정념에 관하여』(『논고』 2권의 부분 개정본)와 비극에 대한 논문들 그리고 『취향의 기준에 관하여 *Of the Standard of Taste*』와 함께 출간되었다. "취향의 기준에 대하여"에서 그는 문학작품에서의 가치판단의 다양성을 고찰하며 비평자마다 다른 지식과 감수성, 문화의 차이에 방점을 둔다. 종교에 관한 이 논문은 맹렬한 영혼의 열정과 일신교를 결부시키면서, 가톨릭을 다신교로 취급한다. 여러 명의 성자

---

9 1485-1603년 영국을 다스린 왕조.

에게 기도하고, 신들을 먹는 것(성체)이 미사 절차인 마당에 대체 신이 몇이냐는 짓궂은 농담도 등장한다. 「국민성에 대하여」에는 종교의 이름과 상관없이 위선이 성직자들의 직업적 악습이라는 공격적인 각주도 있다. 「신교의 계승」에서는 가톨릭 군주들을 지켜온 종교재판, 돈, 교수형을 언급하였다. 이 때문에 가톨릭은 다신교이면서도 관용에 아주 인색해 보인다는 것이다. 「완전 국가 개념」은 주교가 없는 교파를 다 용인하자고 주장한다. 또한 국가에 지명된 종교회의가 통제하는 일종의 "장로교"를 제안한다. 흄은 종교적 관용이 증대되기를 바랐지만 한편으로는 신중했다. 「신교의 계승」에 "이성의 발전이 유럽 전역에 반목하는 종교 간의 칼날을 완화해주기를 바라지만, 관용의 정신은 거기에만 의존하기에는 너무 느리게 진보하고 있다"라고 적었다(Ess 510).

이렇게 다양한 소론들과 『종교의 자연사』를 보면 『영국사』가 왜 17세기부터 시작하는지 십분 이해할 수 있을 것이다. 영국의 내전은 정치적 전쟁이었을 뿐만 아니라 "유럽 전역에 반목하는 종교들의 칼날"을 보여주는 종교전쟁이었다. 따라서 흄이 이 부분을 자세히 살펴보고 싶어 한 것은 당연한 일이었다. 대주교 윌리엄 로드와 청교도인의 다툼인

화약음모사건Gunpowder Plot[10], 조함세에 대한 햄던의 항의, 크롬웰 치하의 여러 가지 문제들이 그 예이다. 흄은 스튜어트왕조 초기, 찰스 1세 통치하에서의 영국 왕정의 몰락 그리고 "성인들의 승리"를 자세히 들여다보고 싶었을 것이다.

---

10 1605년 11월 5일 가톨릭교도들이 웨스트민스터 궁전을 폭파하여 제임스 1세를 죽이려 했다 실패한 사건이다.

4장

사서이자
역사가의 삶

1752년 변호사협회는 나를 사서로 채용했다. 보수는 거의 없었지만 규모가 큰 도서관을 관장하는 자리였다. 나는 그때부터 『영국사』 집필 계획을 세웠다. 하지만 장장 1700년의 역사를 풀어가야 한다는 생각에 지레 겁을 먹고 잘못된 정쟁 기록의 출발점으로 보이는 스튜어트가의 왕위 계승부터 손댔다. 고백하건대 나는 이 책의 성공을 자신하고 있었다. 나는 스스로를 현 집권 세력이나 이해관계, 권위, 대중의 편견을 무시해 본 유일한 역사학자라고 생각했다. 영국사는 누구나 이해할 수 있는 주제이기 때문에 응분의 갈채를 기대했는데 결과는 참담했다. 사람들이 한목소리로 비난과 불만, 심지어 증오까지 쏟아 냈다. 영국인, 스코틀랜드인, 아일랜드인, 휘그당원과 토리당원, 성직자와 신도들, 자유사상가와 광신자 할 것 없이 모두가 찰스 1세와 토머스 웬트워스 스트래퍼드 백작의 운명에 펑펑 울 것으로 예상했지만 오히려 비난만 쏟아졌다. 이렇게 한바탕 분노의 해일이 지나간 뒤 책이 주목받기보다 도리어 망각되어 더욱 원통했다. 판매상 밀러 씨는『영국사』가 12개월 동안 고작 45권이 팔렸다고 했다. 위상과 학문이 상당한 세 왕국을 통틀어 이 책을 감당할 사람은 하나도 없는 것 같다. 그러나 잉글랜드 대주교 헤링과 아일랜드 대주교 스톤은 예외이다. 어마어마한 고위 성직자 두 분께서 실망하지 말라는 전언을 해왔기 때문이다.

그럼에도 대실망이었다. 마침 일어난 영불전쟁이 아니었으면 틀림없이 시골로 내려가 다시는 고국으로 돌아오지 않았을 것이다. 그러나 이 생각은 당장 실행 가능한 것이 아니었다. 게다가 다음에 나올 책이 상당히 진전된 상태였기 때문에 용기를 내 견디기로 했다.

그 사이 런던에서는 몇몇 단편들과 함께『종교의 자연사』가 출간되었다. 허드 선생이 바르버시언 학파

특유의 옹졸함과 거만함으로 적대적인 팸플릿을 낸 것을 제외하면 대중에게 읽히는 기미는 보이지 않았다. 허드 선생의 독설은 오히려 그간의 무관심을 보상하는 약간의 위안이었다.

첫 권을 실패하고 2년 뒤인 1756년에는 찰스 1세의 죽음부터 산업혁명까지 다룬 『영국사』 2권을 출간했다. 이 2권이 휘그당원들의 비위를 덜 거슬렀는지 그나마 반응이 나왔다. 이 책은 그 자체로도 인기가 좋았지만 먼저 나온 불발탄을 띄우는 데도 도움이 됐다.

권력과 문화가 휘그당의 손아귀에 있음은 알고 있었지만, 휘그당의 몰상식한 불평에 휘둘리고 싶지 않았다. 연구와 독서, 성찰을 거듭하여 스튜어트왕조 1, 2대 동안의 내용을 골백번 수정했고, 모든 것은 토리당 편에서 기술했다. 스튜어트왕조 이전의 영국 헌법을 자유의 일반 공식으로 생각하는 건 우스운 일이다.

1759년에는 『튜더 왕가의 역사*History of the House of Tudor*』를 출간했다. 이 책에 반대하는 목소리는 스튜어트왕조 1, 2대를 기술한 책에 대한 반감에 버금갔다. 엘리자베스 여왕의 통치는 유독 불쾌했다. 그러나 나는 대중의 어리석은 표현에 대해서는 신경을 끈 터였다. 그리고 에든버러에서 칩거하며 유유자적 초기 영국 역사에 관한 책 두 권의 마무리 작업을 이어갔다. 책은 1761년 세상에 나왔고, 반응은 그럭저럭 괜찮았다.

형이 결혼하자 흄은 1751년 누나와 함께 나인웰스에서 에든버러로 이주했다. 그들은 흄이 태어난 곳 근처인 로열 마일의 리들스 클로스에서 살았으며, 나중에는 잭스 랜드로 거주지를 옮겼다. 1752년 흄은 변호사협회의 사서로 채용되었다. 그래서 "커다란 도서관을 관리하는 권한이 생겼다. 그때부터 『영국사』 집필 계획을 세웠다." 흄이 세인트클레어 장군의 제안을 수락할 즈음에 쓴 편지들을 보면 『영국사』 집필 계획을 일찍부터 세웠으며, 비서직이 『영국사』 집필에 도움이 될 것으로 판단했음을 알 수 있다. 에든버러에서 사람들과 어울려 바쁘게 시간을 보내던 그는 "도시는 저술가의 진정한 무대"라고 말하기도 했다. 그와 누나는 충직한 하인 페기 어빈의 도움을 받아 친구들을 접대했다. 친구들 중에는 재미없는 수사학 교수 휴 블레어와 말 많은 역사

학자 윌리엄 로버트슨, 과묵하고 점잖은 애덤 퍼거슨이 있
었다. 흄은 퍼거슨의 『시민사회에 대한 소론』이 고지 스코
틀랜드인들의 미개한 행동을 담고 있지 않을까 염려했다.(사
실 이 책은 인간 관습의 또 다른 역사를 추정한 것이다. 흄도 『논고』 3
권에서 유목부터 농경, 매뉴팩처에 이르는 사회 진보의 흐름을 추적
한 바 있다.) 그는 스코틀랜드인(오랜 친구인 길버트 엘리엇, 윌리
엄 뮤어, 애덤 스미스, 앨런 램지, 존 클레페인 등과 "충분한enough"과
이 단어의 고어인 "enow"의 용법에 대하여)과 프랑스의 몽테스키
외, 르 블랑, 루소 등과 활발하게 서신을 주고받았다. 이 시
기 역사에 몰두하던 흄은 데이비드 달림플에게서 『채찍』이
라는 크롬웰 전기를 얻고 싶어 했다. 1663년 첫 출간된 이
책은 크롬웰의 야비함을 조명했으며, 달림플은 이미 "하팍
스 포티조메노스happax photizomenos"(신약에서 "영세자"를 뜻한다.
고대 헬라어로 "한때 깨우친"이란 의미기도 하다)인데, 배교자 율
리아누스[11]의 생각을 들을 필요가 없다고 답했다. 크롬웰에
대한 흄의 관점은 불편부당하고 신중하다.(그는 달림플에게 요
청했던 책은 인용하지 않고 클라렌든의 왕당주의의 편견에 균형을 맞
추기 위해 화이트로크와 설로를 인용한다.) 그는 스튜어트가의 왕

11 331-363, 이교로 개종하고 기독교를 탄압한 로마 황제

위 계승을 "잘못된 정쟁 기록의 출발점"으로 보고 이 시점에서 『영국사』를 시작했는데, 흄의 역사 기술은 어디까지나 현재를 이해하기 위한 것이었다. 그는 『논고』 2권에서 두 개의 긴 절을 할애하여 공간과 시간, 특히 시간상의 거리가 상상력에 미치는 영향을 기술하며, 먼 시대보다 가까운 시대를 상상하는 것이 더 쉽다고 적었다. 과거와 현재를 부단히 오가면서도 늘 현재로 돌아와야 하는데, 1603년 제임스가 왕위를 계승할 때와 흄이 제임스에 관해 쓴 1752년 혹은 1753년 사이의 기간을 머릿속에서 온전히 복원해야 하기 때문이다.

스코틀랜드 제임스 6세(잉글랜드 제임스 1세)가 통치하게 된 시점은 영국사를 시작하는 자연스러운 기회였다. 이는 스코틀랜드가 대영제국에 공식적으로 편입되는 왕권 통일 시점이기 때문이다. 역사학자들은 과거 시점을 택하면 발생 순서대로 사건들을 연결한다. 흄도 마찬가지로 화약음모사건에서 출발해서, 영국 내전, 찰스 1세 참수, 크롬웰 통치, 왕정복고 시대까지 다룬다. 그런 뒤 1756년 출간된 후속권에서 후대 스튜어트왕조를 거쳐 1688년까지 우리를 데려간다. 『나의 생애』에서는 흄이 "1700년을 이야기하는 것"이 버거워서 적당한 지점으로 거슬러 올라갔는데, 하필 종교 분열의 시기여서 어느 3국에 치우치지 않고 기술하기가 어려웠다고 말한다. 더욱이 이어지는 내전은 영국 사회에 영원한 증오를 남긴 시기였다. 최대함 치우침 없이 쓰려고 애썼지만 책이 출간되자 "사람들이 한목소리로 비난과 불만, 심지어 증오까지 쏟아 냈다. 영국인, 스코틀랜드인, 아일랜드인, 휘그당원과 토리당원, 성직자와 신도들, 자유사상가와 광신자 할 것 없이 모두가 찰스 1세와 토머스 웬트워스 스트래퍼드 백작의 운명에 평평 울 것으로 예상했지만 오히려 비난만 쏟아졌다." 이러한 연민의 눈물에 대해 궁내 조신과 성직자보다는 분리파 애국자들이 더 반감을 느꼈을 터이고, 흄도 올리버 크롬웰과 크롬웰가의 운명에 눈물을 흘리지 않았을 것이다. (크롬웰은 부관참시를 당했지만 흄은 이를 언급하지 않았다.)

흄이 스튜어트왕조와 튜더왕조의 역사를 탐구하고 있을 때, 에든버러의 한 단체가 1755년과 1756년 헨리 홈(현 케임즈 경)과 흄을 부정不貞과 패륜으로 고소했다. 흄은 화가 앨런 램지에게 보낸 편지에서 이 무리의 수장인 군목 조지 앤더슨을 "독실하고, 심술궂고, 위선적이고, 엄하지만 온순하고, 괴롭히지만 훌륭하고, 사나운 앤더슨"으로 묘사했다. 앤더슨은 1753년 『종교의 득과 실에 대한 평가Estimate of the Profit and Loss of Religion』를 출간했다. 한편 존 스튜어트는 일찍이 흄의 정통주의에 의문을 품었다. 흄은 신앙심이 없었지만 적어도 『종교의 자연사』 이전 글들에서는 몸을 사렸다.『도덕 원리에 관한 탐구』에 첨부된 "대화"에서도 프랑스가 간통에 관대하다는 지적 이상의 "부도덕"을 저지르지 않았음은 확실하다. 1751년, 그는 성직자 봉급 인상에 대한 청원을 비꼬는『종 치는 사람의 청원 *The Bellman's Petition*』을 출간하려고 했지만 출판을 거절당했다. 1755년, 에든버러의 성직자들 가운데 온건파 친구들이 그를 지지하면서 고소는 유야무야되고 부도덕을 부추기는 책의 스코틀랜드 출간에 대한 반대 결의로 잦아들었다. 프린스턴 대학의 총장이 되려고 했고 앞서「온건한 성품 *The Character of a Moderate Man*」분석을 발표한 존 위더스푼은 재치 있는 사람이다. 그는 "행실이 나쁘고 품성이 부도덕하다는 비난을 받는 사람은 온건파의 보호를 가능한 많이 받아야 한다"라고 주장했다. 온건파에는 흄의 친구인 휴 블레어와 윌리엄 로버트슨뿐 아니라 젊은 변호사 알렉산더 웨더번이 있다. 이들은 흄과 케임즈 경을 감싸기 위해 최선을 다한 사람들이다. 그럼에도 흄은『나의 생애』에서 이 일을 언급하지 않는다. 두 차례의 간통 기소, 스코틀랜드에서 철학 교수직을 얻는 데 몇 차례 실패한 일, 에든버러 사서 시절 외설적인 책 주문으로 받은 질책 등 많은 사실들이 제외되었다. 이 중에는 친구들이 무마해 준 일도 많다.

튜더왕조의 역사를 쓰기 위해서 흄은 런던에서 정부 문

서 작성을 돕는 일에 시간을 보내야 했다. 뷔시-라뷔탱의
『갈리아 연애담*L'Histoire amoureuse des Gaules*』등의 부적절한
책 주문으로 질책을 받고 사서를 그만뒀기 때문이다.(달림플
도 흄을 질책한 사람 중 하나였다.) 흄은 스튜어트왕조의 종말을
통해 하노버왕조를 조명하듯 제임스 1세 즉위 시점의 상황
과 찰스 1세의 왕권 남용을 살펴보려 했다. 그 열쇠는 엘리
자베스 통치기에 있었다. 그래서 흄은 여러 서한에서 말했
듯이 튜더왕조로 거슬러 올라갔다. 1757년 9월, 막역한 친구
존 클레페인에게 쓴 편지다.

> 헨리 7세 통치기까지 거슬러 올라간 『영국사』또 한 권
> 을 쓰느라 여념이 없네. 여기서 출발했더라면 여느 역사
> 서술처럼 지엽에만 매달리지 않고, 영국 왕들의 절대 권
> 력이 구태에서 조금도 벗어나지 못한 스튜어트왕조를 조
> 명할 수 있을 텐데. 사람들은 더는 그런 구태를 인정하
> 지 않는 터에 말일세. 온갖 끔찍한 주의ism를, 스튜어트
> 왕가 지지자[12]라는 비난을 면하는 길이었는데.(L 1: 264)

---

12 Jacobitism: 영국 스튜어트 왕가의 왕권 회복을 위한 자코바이트파의 정치
    운동.

(이전 편지에서는 클레페인이 "나를 매도하는 다중에 편승해서 이교도, 자코바이트주의 등의 갖가지 빌어먹을 주의로 몰아붙였다"라고 불평했다.) 한동안 엘리자베스의 통치기로 눈을 돌린 흄은 스코틀랜드의 역사를 저술하던 윌리엄 로버트슨과 연락을 주고받았으며, 논란이 많은 스코틀랜드의 여왕 메리에 관한 정보를 공유하기로 했다. 이 서신을 통해 흄이 로버트슨을 경쟁자가 아닌 동료 역사가로 보았다는 사실을 알 수 있다. 로버트슨의 태도는 흄보다 덜했지만 말이다. 그들의 의견이 항상 일치했던 것은 아니다. 흥미롭게도 의견이 가장 많이 갈렸던 부분은 메리와 아들 제임스 1세와의 관계다. 흄은 둘의 관계를 나쁜 엄마와 순종적인 아들로 본 반면 로버트슨은 그리 나쁘지는 않은 엄마와 나쁜 아들로 보았다. 흄은 제임스 1세 통치기에서 저술을 시작했기 때문에 제임스의 과거를 들여다보려 했다. 메리는 가톨릭으로 개종하지 않으면 스코틀랜드 왕위 계승이 불가하다며 아들을 위협했지만, 정작 제임스는 그런 어머니를 엘리자베스에 대항해 지지한 것이 흄이 제임스를 이해한 핵심이었다. 흄은『스튜어트 왕가의 역사』를 대거 수정했다. 즉 스튜어트왕조 후기까지 나아갔을 뿐 아니라 제임스 1세의 통치기까지 거슬러 올라갔다.

역사를 집필하던 1759년 7월 6일, 런던에서 윌리엄 루에게 쓴 편지는 아주 유쾌하다. 루에는 글래스고 대학에서 교회사와 시민사를 가르치는 교수이며, 윌리엄 뮤어의 사촌이자 흄이 묵던(L 1: 309-311) 집의 주인 엘리엇 자매의 친구였다. 그는 흄에게 런던 소식을 부탁했지만, 흄이 보낸 단신은 다 거짓에 농담이었다. 프랑스 선박 7척이 호크 장군에게 격침당했으며, 젊은 에드워드 왕자가 교전 중 두 다리를 잃고도 토베이에 대규모 함대를 상륙시켜 런던은 공황상태라는 것이다. 그러나 영국은 저항 의지는커녕 왕위를 노리는 "프랑스인, 교황 짓거리 그리고 그 사칭자"에 투항했으며, 피트는 반역으로 투옥되었다는 전언이었다. 윌리엄 워버턴(흄의 『종교의 자연사』에 항의하고자 『신의 사절 모세』를 썼다)은 이슬람교로 개종해 할례를 받은 뒤 마호메트에 열중했다. 흄은 세인트 제임스 파크를 산책하다가 워버턴을 보았는데 터번이 매우 잘 어울렸다고 적었다. (인색하기로 유명한) 인쇄업자 앤드루 밀러는 파산선고를 받았고 흄이 머물던 집의 얌전한 두 처녀 중 앤 엘리엇은 중혼자로 밝혀졌으며, 페기 엘리엇은 세 명의 애인이 있다는 것이다. 젊은 왕자가 다리를 잃었다는 농담은 악취미지만, 피트, 워버턴, 엘리엇 자매에 대한 농담은 훌륭한 풍자였다. 이 시기 흄이 쓴 편지는 대체로 진지하다. 자신의 출판물에 관해 밀러와 스트라한에게 보낸 편지, 스코틀랜드 여왕 메리에 관해 로버트슨에게 보낸 편지, 경제학자 터커의 관점에 대해 케임즈 경에게 보낸 편지, 자신의 『정치론』을 번역한 프랑스 르 블랑 신부가 『스튜어트 왕가의 역사』도 번역하길 기대하며 보낸 몇 통의 편지가 그러하다. 1759년 4월에는 애덤 스미스의 『도덕감정론 *Theory of the Moral Sentiments*』에 대한 런던의 평판을 두고 스미스를 놀리는 편지도 썼다. 이 편지에서 흄은 책에 대한 열광적인 반응을 스미스에게 알려주기 전에 자신이 소식을 몰랐던 것처럼 가장한다(NL 51-55). 흄은 1761년 부플뢰 루베렐 백작의 부인인 이폴리트 드 소종이 『영국사』1권 『스튜어트 왕가의 역사』의 "신의 공평성"을 찬양하는 편지를 보내자 그녀에게 답장을 쓴다. 이듬해 소종 부인의 친구인 장 자크 루소에게 몽테스키외의 타계 이후 "선생은 천재성과 위대함을 모두 갖추셨으며 제가 가장 존경하는 분입니다"라고 써 보낸다. 백작 부인과 루소에게 보낸 편지들은 정중함의 극치이기 때문에 루에와 스미스에게 보낸 장난스러운 편지들은 막간의 기분 전환용에 가깝다. 백작 부인이 루소의 『에밀』(1762)[13]에 대한 의견을 묻자 루소의 달변을 칭송하며 그의 천재성을 잘 보여주는 작품이라고 답한다. 평

13 *Emile*: 교육이론에 관한 저서로, 에밀이라는 한 고아가 출생해서 성장할 때까지의 과정과 에밀의 아내가 될 소피의 교육(여자 교육론)을 논한 교육 소설이다.

소 통념에 대한 경멸을 서슴없이 드러내는 루소를 보면 스위스 당국의 박해는 놀랄 일이 아니라고 했다. 흄은 토머스 리드에게도 편지를 썼다. 휴 블레어가 보여준 리드의 『인간 정신의 연구*Inquiry into the Human Mind*』에서 흄은 몇 개의 스코틀랜드식 표현을 발견한다.("하는 것을 방해하다hinder from" 대신에 "방해가 되다hinder to") 흄은 자상하게 이런 부분을 짚어내면서 철학적 깊이와 생동감 넘치는 표현이 잘 어우러져 있다고 칭찬했다. 호러스 월폴에게 보낸 편지도 있는데, 흄은 그에 대한 소론을 출간했다가 후일에 회수했다. 벤저민 프랭클린에게 쓴 편지도 있다.

『영국사』 마지막 부분은 로마의 침략에서부터 헨리 7세까지로 잡았다. 흄은 이 시기에 해당하는 여러 권을 한자리에서 쓴 것으로 알려진다. 누락된 자료들을 찾아다니지 않은 것으로 보아 이 시기에 대한 그의 관심은 다른 시기들에 못 미침을 알 수 있다. 이 마지막 몇 권은 이탈리아어로 번역되자마자 가톨릭 금서 목록에 올랐다. 토머스 베켓(H 1: 336)과 중세 시대 교회의 역할에 신랄한 비판을 가한 탓이다. 흄은 헨리 2세를 군주로서 첫손에 꼽았다. 헨리 2세가 베켓의 죽음에 일조한 사실은 덮어버리고, 유대인 대금업자들을 보호하기 위해 살인을 사형죄로 정한 혜안을 부각했다.(이전에는 살인을 인력에 대한 절도로 여겨 희생자의 성별과 지위에 따라 벌금을 부과하는 데 그쳤다.) 흄은 기독교의 영국 유입을 색슨족 종교의 "야만성"에 대한 개선 기회로 받아들였는데, 이는 기독교의 특징뿐만 아니라 남부 유럽과의 연계를 평가한 것이다.

10세기, 엘기바 여왕 시대에 교회 율법은 이미 무소불위의 잔혹한 것이었다. 흄은 엘기바 여왕이 사촌 에드위그(H 1: 95) 왕과 결혼하면서 오금의 힘줄 자르기 형을 받은 것을 이야기한다. 그는 일찍이 교리 규정권을 장악한 헨리 8세가 오만한 전횡을 일삼는다고 생각한 바 있다. 교회 앞에 무력해진 에드위그와 엘기바의 운명은 흄의 분노를 샀다. 청교도 의회가 죽인 찰스 1세의 운명에 버금가는 분노였다. 물론 순교자 에드거와 에드워드 2세처럼 끔찍하게 죽임을 당한 왕들, 참수된 여왕들도 있지만 종교적 광신자들의 짓은 아니었다. 애덤 포트케이는 잉글랜드의 초기 역사를 다룬 『영국사』몇 권을 『걸리버 여행기』, 즉 걸리버가 휴이넘[14]의 우두머리 말에게 유혈 사태와 다툼을 야기하는 문제들에 대해 설명하는 부분에 대한 보완으로 묘사했다. 그러나 비단 중세를 다룬 책만이 아니라 『영국사』전체가 반목과 전쟁

---

14 Houyhnhnm: 『걸리버 여행기』에 등장하는 인간의 이성을 갖춘 말.

의 원인, 종교의 역할에 대한 진단이다. 유럽에 기독교 교리 논쟁이 불붙은 것은 종교개혁 이후였다. 이전에는 이단자나 교회법을 어긴 사람은 박해의 대상이었고, 십자군은 이슬람 교와 기독교의 대결이었다. 흄은 이를 인류 최악의 어리석 은 짓이라고 생각했다.(어떻게 보면 현재 서구 일부와 이슬람 세계 의 갈등을 예언한 것이었다.)

흄의 『영국사』는 주로 정부, 법, 교회를 포함해 사회제 도의 변화를 추적하고, 상업과 섭생 같은 사회 관습, 여러 시기의 문학과 과학까지도 둘러본다. 『영국사』에서 존 밀턴 과 아이작 뉴턴은 극찬의 대상이다. 이들의 종교도, 밀턴의 공화주의 성향도 문제 삼지 않았다. 그러나 셰익스피어는 세련미가 부족하다고 트집 잡힌다. 흄은 「예술과 과학의 발 생과 진보*The Rise and Progress of the Arts and Sciences*」라는 소론 에서 문화의 발전이 경제, 정치의 진보와 무관하지 않으며, 이는 기술의 진보와 같이 간다고 보았다. 『영국사』에서는 인쇄기가 가져온 삶의 변화를 상세히 다루고 있다(H 3: 140). 버턴은 "흄이 사실적인 사건 서술에 인간, 예술, 문학, 관습, 사회 전반적인 조건의 진보에 대한 연구를 덧붙인 최초의 인물"이라고 평가한다. 그는 핌과 햄던에 대한 흄의 평가가 미흡하고 영국 헌법에 대한 흄의 지식이 부족한 것을 유감 으로 생각했지만, 이는 흄이 법을 충분히 공부하지 못하고 유스티니아누스 1세 법전과 민법만 공부한 탓이라고 생각했다. 리치의 흄 전기에 나오듯이 흄의 초창기 법학 공부가 피상적이기는 해도 "연구에 일정한 방향을 준 셈이다. 여기에 유리한 사건들이 더해지면서 장차『영국사』기획의 밑거름이 된다. 역사 편찬은 전쟁을 상술하고 정쟁을 나열하는 것이 아니라, 법과 예의 진보를 추적하는 보다 고상한 일이다." 리치의 말대로 영국 헌법의 발전 양상과 버턴의 말대로 영국 국민의 일반적인 사회적, 문화적 조건을 추적하는 것이『영국사』의 궁극적인 목적이다. 흄은 초기 소론「역사의 연구에 대하여」에서 이 두 가지 목적을 역사의 매력으로 꼽았다. "예술과 과학의 싹이 희미하게 올라오는 초기 인간 사회를 고찰하고, 정부 정책과 사람 사이의 예의가 점점 세련되어 가는 추이를 살펴보는 것보다 더 큰 즐거움이 어디 있겠는가?"(Ess 565-566)

5장

유명인의 삶

스코틀랜드에서 출간한 내 책들은 곳곳에서 판매되었고 여전히 인기가 좋았다. 출판인에게 받은 인세는 이전에 영국에서 출간된 그 어떤 책보다도 많았다. 덕분에 독립뿐만 아니라 아주 넉넉한 삶을 살게 되었다. 고국 스코틀랜드로 돌아온 후 이제 이곳을 떠나지 않기로 결심했다. 주요 인사에게 의지하는 걸 좋아하지 않았고, 독립적인 생활에 만족감을 느끼며 여러 사람들과 친분을 쌓았다. 나이 오십이 되자 여생을 철학자로 보낼 생각이었는데 1763년, 일면식도 없는 하트퍼드 경에게서 파리 주재 영국 대사로 부임하는 자신을 수행해 업무를 도와 달라는 제안을 받았다. 곧 비서로 임명될 터였다. 마음은 동했지만 처음에는 이 제안을 거절했다. 두 가지 이유에서였는데, 하나는 거물과 새롭게 관계를 맺는 것이 내키지 않았고, 다른 하나는 나이로 보나 성격으로 보나 나 같은 사람은 파리의 정중한 예법과 명랑한 사람들과 맞지 않을까 걱정됐기 때문이다. 그러나 하트 퍼드 경의 거듭된 초청에 마침내 그의 제안을 받아들였 다. 하트퍼드 경뿐만 아니라 그의 형제 콘웨이 장군과 의 교제도 충분히 만족스럽고 유익했다.

낯선 문화를 접해본 적이 없는 사람들은 내가 파리 에서 경험한 다양한 신분과 지위의 사람들에게서 받은 환영을 상상도 할 수 없을 것이다. 그들의 과도한 예절 에 뒷걸음치면 칠수록 더욱더 둘러싸였다. 파리에서 살 면서 가장 만족스러웠던 점은 세상 어떤 곳보다도 양식 과 지식을 지닌, 예의 바른 사람들이 많다는 것이었다. 한때는 파리에 정착하는 것도 생각해 보았다.

나는 대사의 비서에 임명되었고 1765년 여름, 하트 퍼드 경은 이곳을 떠나 아일랜드 총독으로 부임했다. 그 해 연말쯤 리치먼드 공작이 후임으로 올 때까지 나는 대 사 직무를 대행했다. 이듬해 여름, 전처럼 철학에 침잠

할 생각으로 파리를 떠나 에든버러로 돌아왔다. 에든버러를 떠날 때보다 더 부유해진 것은 아니지만 수중에 돈도 훨씬 많았고 하트퍼드 경과의 친분 덕분에 수입도 훨씬 늘어났다. 예전에도 종종 모은 돈으로 과감한 시도를 했는데, 경제적 여력을 다시 한 번 시험해 보고 싶었다. 1767년에는 콘웨이 장군에게서 차관 제안을 받았다. 이는 콘웨이 장군의 성격과 하트퍼드 경과의 친분 때문에 거절하기가 어려웠다.

1763년, 흄은 하트퍼드 경에게서 파리 주재 영국 대사의 비서직 제안을 받고 처음에는 고사했다. "거물과 관계를 맺는 것이 내키지 않았고, 또 나이로 보나 성격으로 보나 자신 같은 사람은 파리의 예절이나 발랄함과 맞지 않을까 걱정됐기 때문"이었다. 나이 오십은 "스코틀랜드에 낙향"할 때라고 생각했던 것 같다. 흄은 경의 권유도 있고 파리 생활도 좋아서 프랑스에서 살고 싶다는 바람을 이따금씩 표현했다. 그는 파리에서 "깍듯한 환대"를 받았으며, 친영파 이폴리트 드소종은 앓던 홍역이 낫자마자 흄을 맞이하러 갔다. 그녀는 흄을 사교 모임의 적격자로 여겼다. 콩티 왕자의 정부였던 소종은 출신 자체가 높음에도 흄이 평소 교류하던 여성들과 사뭇 달랐다. 그녀는 흄을 "사랑하는 선생님"이라 부르며 "마음으로 느끼는 강렬한 우정"을 표했고 그의 답장이 너무

늦다고 타박했다. 아무리 듣기 좋은 말이라도 이렇게 왕족의 정부에게서 자기 망상에 빠진, 지나치게 감정적인 편지를 받고 어떻게 선뜻 답장을 하겠는가. 그녀는 흄에게 남편이 죽으면 콩티 왕자와 결혼할 것이라는 속내를 분명히 했다. 그러니 흄과의 염문은 막간의 장난에 지나지 않았던 것이다. 흄은 왕자가 재혼 의사가 없다고 넌지시 알렸지만 그녀는 재혼의 꿈을 버리지 않았다. 흄은 프랑스를 떠날 때 미련이 없어 보였다. 세상을 떠나던 1776년 8월 그녀에게 콩티 왕자의 죽음을 애도하는 편지를 보내기도 했다. 흄은 그녀("친애하는 부인")에게 죽음이 빠르게 다가오고 있지만 불안하거나 두렵지 않다고 했다. "깊은 애정과 존경을 담아 마지막 인사를 올립니다." 소종과 왕자가 제공한 파리 템플 영지의 저택을 마다하고 영국으로 돌아왔지만 후회는 없어 보였다. 아마 흄은 그들의 정원이 보이는 "지척"에 살고 싶지 않았던 것 같다. 그녀는 1766년 5월 흄에게 "만반의 준비가 되어 있어요. 안락하고 예쁜 가구도 들여놓고 적당한 서재도 있죠. 그러니 일하지 않는다면 그건 순전히 당신 잘못이에요"라고 편지를 보냈다. 그러나 흄은 누구의 주문대로 글을 쓰는 애완용 철학자도, 또 누구에게 빌붙어 사는 사람도 아니었다. 그는 오히려 돈 많은 후원자에게 책을 헌정하지 않아도 되는 상황에 긍지를 느꼈다. 그에게 최고의 가치는 뭐니 뭐니 해도 독립이었다. 부플뢰 부인은 첩이 되는 것도 마다 않는 인물이었고, 흄에게 근사한 집을 제공한 콩티 왕자는 매우 관대한 인물이었다. 흄이 템플 거주 전속 작가가 되기를 꺼려한 것은 글쓰기를 그만둘 계획 때문이었을까? 어떤 이유에서든 흄은 그 제안을 거절했고, 파리 시기 이후 그의 저작 활동은 주로 『영국사』와 『도덕 원리에 관한 탐구』 수정에 그쳤다. 그는 죽음을 앞둔 순간까지도 수정 작업을 이어 갔다.

흄은 스코틀랜드 억양의 프랑스어와 서투른 예절 때문에 약간은 놀림을 당했지만 파리에서 빠르게 인기를 얻었다. 그가 인기를 얻을 수 있었던 것은 그의 글 때문이었다. 흄은 그런 점에 흡족해했다. 백과전서파 철학자들과 관련된 유명한 일화가 있다. 그는 돌바크 남작의 만찬에서 아직 진짜 무신론자를 만나지 못했다고 말했다. 그러자 남작은 지금 식탁에 17명의 무신론자가 앉아 있다고 응수했다. 흄이 말한 것은 무슨 의미였을까? 그는 프랑스 친구들이 신앙인이 아니라는 것을 알고 있었다. 자기 애인의 수호자 콩티 왕자도 흄처럼 회의론자였지 무신론자는 아니었다. 흄은 신이 없다는 것을 확신하지 못했다. 다만 신이 있다고 생각할 만한 근거가 없다고 생각한 것뿐이다. 또는 양식 있는 사람이라면 이처럼 독단을 버리고 초연한 태도를 견지할 일이라고 생각했다. 이 자리에서 새로 사귄 프랑스 친구들 중에 무종교에 이르는 신념 있는 보증인을 발견했지만 근본적 회의론자인 흄의 입맛에 딱 맞는 것은 아니었다.

그의 두 번째 프랑스 체류 기간을 인생의 정점으로 보고 소종과도 깊은 관계였다고 주장하는 이들도 있지만 내가 보기에는 뭘 모르는 생활이었던 것 같다. 그는 연인의 냉소적인 사고방식과 기회주의적 태도를 감당하지 못했고, 파리의 무신론자들 사이에서도 편안하지 않았다. 계몽주의의 요체인 27권짜리 백과전서의 편찬자 드니 디드로와 장 르 롱 달랑베르는 예외다. 디드로의 첫 책은 정상인이 맹인에게서 배울 수 있는 것을 다뤘다. 한편 정통한 수학자이자 타키투스 번역자인 달랑베르는 태어나자마자 교회 계단에 버려졌고 이후 고아원에서 성장했다. 흄은 그에게 200파운드의 유산을 남겼다.(달랑베르의 친부는 교육비를 부담하고 상당한 유산도 남겼다. 반면 디드로는 가족에게 상속권을 빼앗기고 반종교적인 글을 썼다는 이유로 투옥되기도 했다. 러시아의 예카테리나 2세는 디드로가 딸의 결혼 지참금을 마련하기 위해 방대한 장서를 팔고 있다는 소식을 듣고 그를 후원해주었다. 예카테리나 2세는 책을 사서 디드로에게 맡긴 뒤, 그를 사서로 고용하여 봉급을 지불했다. 그가 죽자 책은 러시아로 보내졌다.)

귀족, 석학 할 것 없이 모두가 흄의 순수함과 지혜로운 글에 매료되었다. 흄은 루소와 공통점이 많았고, 또 파리 상류사회가 편치 않았다. 그들은 퐁파두르 부인 같은 왕가의 정부들을 비난하는 부플뢰 백작 부인처럼 저열한 사람들 속에 던져진 자연 그대로의 아이와 같았다. 나는 흄이 그녀의 가식을 알아채지 못한 점이 놀라웠다. 결국에는 알았겠지만 말이다. 평소 그런 아첨에 익숙하지 않았던 흄은 쉽게 굴복하였으며 그녀와의 관계를 즐기기 시작했다. 파리 거주 당시 흄은 베르사유와 퐁텐블로에서 자신을 정중하게 맞아준 부르봉가 왕자가 30년 뒤 단두대에 서리라는 것을 전혀 예상하지 못했다. 그리고 자신이 알고 지내던 많은 이들이 목숨을 부지하기 위해 피난하게 될 것을 생각지도 못했다. 노년(73-74세)의 이폴리트 드 소종은 공포정치[15] 시기에 체포되었다가 석방되기도 했다.

프랑스혁명에 대한 흄의 입장은 모호하다. 혁명에 수반하는 폭력과 유혈은 분명 혐오했겠지만 평등의 외침에 대해서는 어떤 입장이었을까? 흄은 원두당원[16]들이 주장한 평등에는 별로 공감하지 않았다. 『도덕 원리에 관한 탐구』에서

---

15 공포정치: 프랑스혁명 기간 중 1793년 9월 5일~1794년 7월 27일 실시되었던 독재정치.
16 Roundheads: 1642~1649년 영국 내전 당시 의회파에 속했던 사람들.

어느 정도 경제적 평등을 유지하려면 "삼엄한 조사"와 "준엄한 사법"이 필요한데 이는 곧 전제권력을 의미한다고 말했다. 그러나 그는 극심한 부의 불균형에 대한 분노를 이해했다. 부자 한 사람의 "천박한 허영심을 만족시키기 위해 들이는 비용이면 가족, 심지어 많은 지역민을 먹여 살리고도 남는" 사회 조건 때문이었다. 그는 프랑스에서 구체제[17]의 토대가 얼마나 부패했는지, 또한 불평등 및 왕족과 귀족, 이들의 방자한 정부들의 헤픈 소비에 대한 대중의 분노가 어디에 이르렀는지는 눈치채지 못했던 것 같다.

흄이 루소를 대동하고 파리를 떠나 잉글랜드로 돌아가기로 한 것은 이폴리트 드 소종의 뜻이었다. 루소 말대로라면 소종이 가당치 않게 이 프랑스 철학자에게 여러 차례 접근을 기도했지만 거절당했다. 하지만 소종은 스위스에서 박해받는 루소를 안전하게 잉글랜드로 보내기 위해 흄의 손을 빌렸다. 흄은 잉글랜드 더비셔에 루소의 거처를 마련해 주었다. 하지만 루소는 흄이 자신을 조롱하고 있다고 생각하고 그를 거세게 비난하며 돌아섰다. 이 일로 흄은 루소와의 관계를 기술한 『간략한 진상Concise Account』을 쓰게 된다. 나

---

17 ancien régime: 프랑스혁명 이전의 프랑스의 정치, 사회 제도.

는 이 글을 졸작이라 생각하는데,『나의 생애』에 언급조차되지 않는다. 애초에 프랑스어로 쓰인 것으로 보아 파리 지인들의 부추김으로 쓴 것이다. 이 해프닝은 친구들의 골탕먹이기였던 것 같다. 그들은 편집광인 루소와 흄이 함께 여행하도록 만들었고, 잉글랜드에서 루소가 조롱 당하도록 획책하고, 흄의 순진한 분노를 즐겼다. 이것은 말하자면 철학자들이 벌인 익살극이었고 두 철학자는 이 때문에 품위가떨어졌다. 에든버러의 친구들이 이 책을 서둘러 출간하려는흄을 제지했지만 허사였다. 흄은 루소가 회고록을 쓰고 있다는 것을 알고 있었다. 거기서 자신을 나쁘게 얘기할까 봐두려웠던 것이다.(정작 루소가 나쁘게 얘기한 대상은 흄의 거짓 애인이었다.)

흄은 파리에서 정중한 대접을 받았지만 조롱도 조금 당했던 것 같다. 그의 서툰 프랑스어(양옆의 아리따운 아가씨들에게 "친애하는 아가씨들, 친애하는 아가씨들!"만을 연신 더듬거리는 술탄 같았다고 데피네 부인은 편지에 썼다), 거구에 새빨간 양복, 서투른 행동, 천진난만한 시선, 이 모든 면모가 딱 궁중 광대같았다. "사람 좋은 데이비드"였지만 그는 파리에서의 조롱을 견디기 위해 좋은 성품을 십분 활용해야 했다. 조롱이 상처가 된다는 것을 깨달았기 때문에 루소의 비난에 적극 대응했을 것이다. 그는 공무가 끝난 뒤에 다시는 프랑스에 가지 않았다. 자신이 잘 아는 영국에 돌아온 데 대해 안도한 것 같다. 런던에서는 국무차관 콘웨이 장군을 보좌해 북유럽 여러 나라들을 상대하며 11개월을 보냈고, 에든버러에서는 1769년부터 죽을 때까지 정부 연금을 받으며 편안한 삶을 살았다. 잉글랜드에 돌아올 당시 입었던 단정한 파리 스타일 옷에 대해서는 나중에 콜드필드가의 다섯 살배기 꼬마가 전하고 있다. 이 아이에게는 "철학자의 투박한 거구가 밝은 노란색 바탕에 검은 반점이 박힌 코트에 쌓여 있는 모습"이 매우 인상적이었던 것이다. 아쉽게 흄의 초상화 어디에도 이 코트는 보이지 않는다. 현재 남아 있는 초상화들은 멋진 코트나 조끼 차림이다. 혹시 흄이 대사관 직원이 입는 빨간 옷을 벗게 되면서 부플뢰 부인이 골라준 것은 아닐까?

흄이 로킹엄 정부와 그래프턴 정부의 공직에 있을 당시 런던의 정치 지형은 『주니어스의 편지*Letters of Junius*』에 언급된 그대로다. 정체를 밝히지 않은 주니어스는 정부의 대형 비리를 알아냈다. 뷰트 경은 남편을 여읜 왕대비王大妃 애거사와 함께 살면서 반스코틀랜드 감정을 지피고 있었다. 스코틀랜드인이 공무를 맡기가 편치 않은 시기였던 것이다. 이미 윌크스 대중주의자들의 폭동이 곳곳에서 일어나고 있었다. 흄이 하트퍼드 경과 콘웨이 장군, 그리고 그들의 가족과 어울린 것으로 봐서 자신이 맡은 일을 지겹고 버겁게 여긴 것 같지는 않다. 흄은 콘웨이 장군 보좌관으로 프랑스 이북 유럽 국가들뿐 아니라 스코틀랜드 관련 업무를 맡고 있었기 때문에 에든버러의 친구 블레어와 로버트슨을 도울 수 있었다. 흄은 에든버러 친구들을 다시 만나 기뻤다. 약간의 가외돈은 들어왔지만 공무에 대한 봉급은 따로 없었고, 공직을 마친 뒤 정부의 연금을 받는 정도였다. 흄은 이 시기의 공무를 "시시한 정치가로 타락한 철학자"의 업무로 묘사했다.

흄이 런던에 있을 때 더글러스 소송은 법정의 뜨거운 화제였다. 1대 더글러스 공작이 막대한 재산을 남기고 죽자 공작의 사촌인 젊은 해밀턴 공작과 공작 누이의 아들 아치볼드의 대변인이 이 재산에 대한 권리를 주장했다. 해밀턴 측은 아치볼드가 누이의 친자가 아니라고 주장했다. 그녀가 파리에서 쌍둥이(한 명은 후일 사망했다)를 낳은 시점을 계산하면 51세가 되기 때문이다. 에든버러 최고 민사 법원은 해밀턴의 손을 들어주었다. 그러자 누이는 런던에 있는 상원[18]에 항소했다. 그 결과 판결이 뒤집어졌고 재산은 아치볼드 더글러스에게 돌아갔다. 흄의 친구인 뮤어 남작은 해밀턴의 후견인들 중 하나였다. 따라서 흄도 자연스레 해밀턴을 지

---

18   영국 사법제도는 우리나라와 달라서 최종 항소법원이 상원이다.

지했다. 흄은 그러한 선고를 내린 맨스필드 판사에게 분개했다. 보즈웰은 반대편 입장에서 이 논란에 대한 글을 썼다. 그는 "친자 확인"의 문제라고 주장했다. 부모에게 친자로 확인된 아이는 당연히 자신의 위치를 의심해서는 안된다는 논리였다. 해밀턴 측 사람들이 제인 더글러스가 갓난 남아를 입양한 것으로 보고 증거를 수집하고 있을 때 흄은 파리에 있었다. 그는 51세 여성의 초산은 불가능하다고 생각하고, 그녀가 아이를 더글러스로 키워낸 것은 해밀턴의 명백한 혈연에 대항하기에는 역부족이라는 사실을 분명히 인식했다. 더글러스의 유산이 누구에게 가야 하는지에 대해 흄이 그토록 관심을 갖게 된 것은 조금 이상하지만, 런던 의회가 에든버러 최고 민사 법원의 판결을 뒤집을 수 있다는 사실에 분노했던 것 같다. 10년 전 『종교의 자연사』에 반대하는 글을 썼던 워버턴 주교도 이번만은 흄과 한마음으로 맨스필드 판사의 "더글러스 소송건에 대한 판결"에 의문을 제기했다.

6장

에든버러에서 보낸
말년

1769년 에든버러로 귀환했다. 나이는 들었지만 아주 풍족한 삶을 살았고(1년 수입이 1000파운드에 달했다), 건강했고, 오랫동안 편안하게 쉬면서 나의 주가도 올라갈 것 같았다.

그런데 1775년 봄, 장에 이상이 생겼다. 처음에는 어떤 징후도 없었다. 그러나 내가 증상을 느끼기 시작할 때는 이미 치료가 불가한 상태였다. 이제 삶이 얼마 남지 않은 것 같다. 고통은 거의 없고, 더 이상한 점은 신체는 급격히 쇠퇴하지만 정신은 그렇지 않다는 것이다. 나의 생애에서 어떤 시기를 다시 살고 싶으냐고 묻는다면 나는 지금 이 순간을 꼽을 것이다. 공부에 대한 열정도, 사교의 즐거움도 여느 때와 똑같다. 또 65세 남자의 죽음은 그저 한두 해의 투병 기간을 줄이는 일이라고 생각한다. 평판이 돌연 좋아지고 영광까지 더해지는 조짐이 보이지만 남은 시간이 별로 없다는 것도 알고 있다. 지금보다 더 삶에 초연해질 수 있을까?

삶의 초연함을 말했지만, 흄은 에든버러로 돌아와 많은 친구들과 "사교의 즐거움"을 누리며 마지막 7년을 보냈다. 그의 친구들은 완고한 스코틀랜드인이 아니었다. 대체로 그의 오랜 친구 에드먼스타운처럼 반종교적인 농담을 주고받을 수 있는 명랑한 사람들, 런던에 있을때 도움을 준 블레어와 로버트슨 같은 온건파 장로교 교인들이었다. 애덤 스미스도 좋은 친구였다. 그는 흄이 오랜 시간 뜸 들인 『자연종교에 관한 대화』가 출간된다면 흄뿐 아니라 친구들까지 구설수에 오를까 저어했던 것 같다. 한편 흄은 앨리슨 콕번 같은 활달한 여성들과도 우정을 나누었다. 흄의 오랜 친구 콕번은 그에게 적당한 집과 아내를 찾아주겠다는 편지를 보낸 적이 있다. 흄은 말년에 요리를 시작해서 자기가 만든 양머리 수프와 양배추 소고기 요리를 자랑하는 편지도 쓴다. 그는 수석 판사인 오드 남작의 어린 딸 낸시 오드와도 친했으며, 유언장에 그녀를 위해 반지값을 남겼다. 그녀는 세인트 앤드루 광장에 있는 흄의 집 바깥길에 '세인트 데이비드 거리'라는 표지판을 달도록 추진한 사람들 중 하나로 알려져 있다. 이 거리는 공식적으로 '세인트 데이비드 스트리트'가 됐고 내가 지금 이 글을 쓰고 있는 남반구의 에든버러, 뉴질랜드의 더니든에도 세인트 데이비드 거리가 있다. 이 거리는 대학교로 이어진다.

흄의 편지들을 보면 건강이 나빠져 결혼을 생각할 수 없을 때까지 줄곧 결혼을 염두에 두었던 것으로 보인다. 그는 평생 대화와 우정을 즐긴 한편 글, 독서, 사색을 위한 혼자만의 시간도 중요시했다. 죽음을 앞두고 있을 때조차 다시 살 기회가 주어진다면 지금의 말년을 선택할 것이라고 『나의 생애』에서 말하고 있다. 그는 "공부에 대한 열정도, 사교의 즐거움도 여느 때와 다를 바 없다"라고 했다. 파리에서 유명 인사로 지낸 시절 이후의 시기를 택한다는 것은 그가 인생에서 무엇을 최우선으로 여겼는지 말해준다. 문필가로서의 명성과 찬사보다는 진실한 우정에 더 큰 가치를 두었다. 여기에는 말년 에든버러 시기에 교류한 "정숙한 여인들"과의 관계도 포함된다. 흄은 친구들과 만찬을 즐겼는데, 건축가인 로버트와 제임스의 어머니 애덤 부인이 주최한 만찬에 이름을 밝히지 않고 몰래 들어간 적도 있다. 주최자가 거물 무신론자인 흄을 입장하지 못하게 막았던 것이다. 만찬이 파한 뒤 애덤 부인은 두 아들에게 매력 넘치는 그 남자가 누군지 물었다고 한다.

흄은 자신이 죽어가고 있다는 걸 알았을 때, 애덤 스미스에게 보낸 편지(L 2: 308)에서 몸무게가 30킬로그램이나 줄었다고 적었다. 또 스미스가 곧바로 오지 않는다면 자신이 세상에 존재하지 않게 될 것이라는 말도 덧붙였다. 일부 선의를 가진 기독교인들은 흄이 기독교식으로 죽음을 맞이할 수 있도록 노력했다. 그는 에든버러에서 유명 인사였고, 그의 병세도 바로 알려졌다. 한 양초 제조업자의 아내는 그를 찾아가 회개할 것을 간곡히 권했다. 흄은 그녀를 친절하게 맞이하고는 양초를 대량 주문했다. 마지막 몇 달 동안 흄은 『나의 생애』를 썼다. 그리고 글을 과거형으로 마무리했다. 흄의 누나도 흄이 종교에 귀의하지 않고 살아온 대로 죽음을 맞이하려는 것을 못내 안타까워했다.

흄은 『국부론Wealth of Nations』으로 찬사를 받은 친구 애덤 스미스에게 자신이 죽으면 20년간 공들인 『자연 종교에 관한 대화』의 출간을 맡아달라고 부탁했다. 그러나 스미스는 이 저작이 얼마나 많은 종교인 독자들을 혼란스럽게 만들지 걱정한 나머지 흄의 부탁을 거절했다. 그래서 그 일은 흄의 조카, 데이비드 흄의 몫이 되었다. 그리고 흄이 (간 또는 장에 있었던 것으로 추정되는 종양에 의해) 영면한 2년 뒤인 1779년, 그 책이 출간되었다. 흄은 『대화』를 왜 그토록 집요하게 출간하고 싶어 했을까? 또 애덤 스미스는 흄의 친구이면서도 왜 그의 뜻을 받아들이지 않았을까?

흄은 일찍이 독자들에게 기독교를 부인하는 자신의 생각을 명료하게 밝혔다. 『종교의 자연사』를 보면 대중 종교는 하나같이 말도 안 되게 보인다. 그의 첫 번째 『탐구』에 들어 있는 기적에 관한 소론은 특히 기독교 교리를 표적으로 삼았고 『영국사』에서는 기독교인의 종교적 열광이 같은 기독교인과 십자군, 이슬람교도에게 가했던 참상들을 상세히 기록했다. 그럼 스미스는 왜 『자연 종교에 관한 대화』때문에 훨씬 더한 폭력이 발생할지도 모른다고 생각했을까? 그 이유는 『대화』가 유신론 자체에 대한 공격이었기 때문이다. 이는 어쩌면 스코틀랜드 교회의 온건파에 속하는 흄의 친구들이 지녀온 믿음, 계시는 경시하지만 창조주 신에 대한 경배는 계속하는 믿음에 대해서까지 공격이 될 수도 있다. 흄의 사후에 나온 『자연 종교에 관한 대화』가 공격받은 바로 그 지점이다. 스미스도 이 정도의 미온적인 기독교인이었던 것 같다. 그래서 기독교 신앙에 대한 흄의 검토가 자기 부류의 사람들에게 얼마나 큰 충격일지를 예견했던 것이다. 전능과 자애의 창조주 신에 대한 믿음을 반박했던 회의론자 필로는 짐짓 "계시" 품 안으로 뒷걸음질 쳤다.『종교의 자연사』는 그런 행보를 강하게 비판했다. 요컨대 이 유작은 기독교에 반대하는 흄의 최종 입장인 셈이다. 이 책의 출간을 스미스가 꺼린 것도, 또 흄이 집요하게 요청한 것도 놀랄 일은 아니다. 보수적인 위치의 수석 판사직을 바라보는 조카 데이비드가『자연 종교에 관한 대화』출간을 고집했다는 점이 놀랍다면 놀라운 일이다. 삼촌에 대한 의무감이『대화』의 내용에 대한 고민을 압도했던 것이다. 결국 은혜를 아는 조카가 오랜 친구보다 충직했던 셈이다. 독실한 누나는 신앙 없는 동생이 죽는 순간까지 루키아노스 따위의 이교도 풍자 작가의 글을 읽는 것에 매우 언짢아했다. 흄의 가족이 그와 종교적 입장이 같았을 것이라고 추정할 근거는 없다. 흄은 가족과 친구들 속에서 혼자였다. 그는 모두의 토양인 종교를 거부한 정도가 아니라 집요하게 반대한 것이다. 흄은 마지막 며칠 동안 유언에 중요한 내용을 추가한 뒤 조용하고 평화롭게 생을 마감했다.

기독교 교리를 거부하는 흄의 입장은 유작이 된 소론 두 편에서도 나타난다. 자살을 변호하는 소론과 불멸을 논박하는 소론이다. 흄은 1757년 발표한 논문들에 그 소론들을 넣으려고 했지만, 기독교인들의 심기를 건드린다는 주위의 만류를 따랐다. 버턴이 쓴 흄 전기를 보면 자살에 관한 소론이 자살행위가 가족과 친구들에게 미치는 영향을 경시했다는 비난이 들어 있다. 그 소론의 논리대로라면 삶을 견딜 수 없는 지경이 아닌 한 자살할 사람은 아무도 없으며, 진정한 친구라면 그런 점을 이해할 것이다(Ess 588). 좋은 친구라면 친구들이 받을 충격 때문에 견딜 수 없는 삶을 이어가는 것을 원하지는 않을 것이다. 마지막 장에서는 반종교적인 입장이 어떻게 흄 집안의 가훈인 "초지일관"대로 지켜졌는지 살펴보겠다. 흄의 책을 낸 윌리엄 스트라한은 임종하기 직전의 그에게 내세에 대한 생각이 바뀌었는지 묻는 편지를 보낸다. 흄은 스트라한에게 답을 쓰지는 못했지만, 죽기 전 나온 같은 주제의 책에서 보스웰에게 말한 대로, 사후의 삶이란 이글거리는 불길 속에서 석탄이 타지 않는다는 가정만큼이나 가당치 않다고 보았다. 이러한 기독교 신앙에 대한 부인에 보스웰은 심기가 불편했다.(보스웰은 불신자로 지옥의 불구덩이를 두려워하며 살았다.) 흄은 차분하고 초연하게 "빠른 소멸"을 고대했다.

7장

죽음
그리고 흄의 성격

이 연대기의 결론으로 내 성격에 대해 말하고자 한다. 나는 부드러운 성격의 소유자로, 화를 잘 조절하고, 유머 감각이 뛰어났다. 붙임성이 있고, 남을 미워하는 것에는 소질이 없으며, 나의 정념을 아주 잘 절제하는 사람이었다.(지금 내 처지로는 …었다 체로 말할 수밖에 없다. 그래야 내 감정을 더 잘 얘기할 수 있기 때문이다.) 문필가로서의 명성에 대한 애착이 내 정열의 주였는데, 이로 인한 낙담도 부지기수였지만 유머 감각은 조금도 사라지지 않았다. 나는 학문을 좋아하고 문학에 밝은 사람뿐만 아니라 젊고 부주의한 사람들도 친구로 받아들였다. 수수한 여성들과의 교류도 즐겼다. 그들의 환대를 싫어할 이유가 없었다. 이름난 남자들은 비방을 들으면 불평할 이유를 찾기 마련이지만 나는 여자들의 악담에 아랑곳하지 않았다. 사회와 종교계의 분노에 나 자신을 무방비로 노출시켰더니 그들의 분노가 힘을 잃

는 것 같았다. 친구들은 내 성격과 행동을 변호할 일이
없었다. 광신자들은 나의 약점을 부러 지어내 퍼뜨리
며 기뻐했겠지만 자신들이 한 말에 대해서 어떤 개연성
도 입증하지 못했다. 자기 추도사에 허영심이 없을 수
는 없겠지만 영 아니지는 않았으면 한다. 이것은 쉬 가
려질 사실의 문제니까.

1776년 4월 18일

흄은 자신을 과거 시제로 표현하고 저술보다는 성격을 자랑하는 추도사를 남겼다.(그는 자신의 "저명함"을 인정하기도 했다.) 친구들이 그의 성격과 행동을 변호할 필요가 없었다는 말은 물론 과장이다. 1755~1756년 에든버러에서 흄의 부정과 부도덕에 대한 비난을 막아주었던 사람들이 이 마지막 주장을 읽으면 조금 화가 날지도 모르겠다. 흄은 루소가 자신을 두고 한 말을 "비방"으로 간주하고 감정이 상한 모습도 보인 바 있다. 위 인용 부분에도 상당 부분 망각은 진행형이다. 이 책 앞부분을 보면 흄 자신도 종교계의 분노를 감지하고 있었다.

흄은 일생 동안 회의론자를 자처했고 『나의 생애』의 마지막 절에서는 자신의 침착한 기질을 뽐냈다. 고대 회의론자들은 마음의 "평정", 아타락시아에 도달하는 것을 목표로 삼았다. 그래서 그들은 보통 사람들이 알고 싶어 하는 많은 것들을 억지로 알아내려 하지 않았다. 진정한 회의론자는 어떤 문제든 양면을 보며 판단을 유보하고 그때그때 현상에 따라 행동한다. 흄이 평생 궁구한 주제는 종교적 믿음, 특히 기독교 신앙의 기초와 가치였다. 종교 신앙에 대한 판단을 유보한 걸까? 내 생각에는 그가 영국 역사에서 기독교의 역할을 연구하고, 젊은 시절 장로교를 직접 겪어보고서 대중적 기독교에 완강히 반대하게 됐음이 분명하다. 청년기에 흄의 건강이 왜 나빠졌는지, '원죄'와 '원리'에 대한 저항 때문인지 우리는 아는 바가 없다. 그러나 그는 숭배할 것을 찾으려는 인간의 소망을 과소평가하지 않았으며, 무신론자를 자칭한 적도 없다. 그가 반대한 것은 성적 욕망과 같은 너무나도 자연스러운 인간의 욕망을 부끄러워하게 만들어 본질적으로 죄인으로 느끼게 하는 사회제도였다. 또 사랑을 설교하면서도, 사랑의 하느님을 다르게 생각하는 이들을 박해한 제도였다. 흄은 "종교 도당", 사랑을 내세운 증오를 견딜 수 없었던 것이다. 그럼에도 불구하고 그는 신앙이 있는 친구, 친지들에게 그들의 기독교 신앙이 틀렸다는 말을 한 적이 없다. 그는 다른 사람들의 확고한 믿음을 긍정도 부정도 하지 않은 진정한 회의론자였다.

파리 시절 흄은 아직 진정한 무신론자를 만나지 못했다

고 해서 철학자 친구들과 만찬 주최자의 조소를 받았다. 그들은 의기양양하게 무신론자를 자처했다. 반면 흄은 무신론자를 자처하지도 않았거니와 "자연신론자"라는 딱지도 사절했다. 그는 우주나 우리 본성의 근원이 무엇인지 인간인 우리로서는 알 수 없다고 생각했다. 요컨대 그에게는 "무신론자"라는 말보다는 토머스 헨리 헉슬리가 만든 "불가지론자"라는 말이 더 맞다. 흄은 종교적 광신이 인간 사회에 준 영향이 무시무시해서 결국 끔찍한 종교전쟁과 박해를 초래했다는 사실을 알아야 한다고 주장했다. 이 점에 관해서 그는 한 치의 의심도 없었다. 친지와 친구들이 기도하며 위안을 얻고, 신앙으로 선행의 영감을 구했지만, 흄은 그들의 생각을 바꾸려 하지 않았다. 흄이 휴 블레어 같은 친구들에게 요구한 것은 종교에 대해 갑론을박이 아니라 다름을 인정하라는 것이었다. 그가 인정한 것은 공격적이고 조직화된 종교가 아닌 개인적인 신앙이었다. 그는 임종의 자리에서 교회들이 문을 닫고(오늘날 교회들이 줄줄이 문을 닫듯) 성직자들이 실직하는 것을 보고 싶다고 하며 자신의 글이 일조하기를 바랐다. 그러나 우리가 아는 한, 흄은 누나나 스미스, 블레어에게 신앙을 버리라고 설득한 적이 한 번도 없었다. 흄은 그들의 신앙을 공유하지 않고 교회가 피를 손에 묻혔다고 생각했다. 그러면서도 중구난방인 이 세상을 감독하는 지혜와 자비의 힘을 찾으려는 인간의 열망을 이해하고 있었다. 그는 스미스가 말한 대로, 신앙 없이도 그럭저럭 잘 살았고, 그의 자선과 선행은 기독교인들 못지않았다. 그는 음악을 듣지 않았다. 신앙이 없고 조직화된 종교에 반대하는 요즘 사람들도 현 문화의 지나온 과거인 종교를 통째로 비방하기는 어려운데, 이는 종교에서 길어 올린 위대한 음악, 미술, 건축 때문이다. 교회가 문을 닫는 것이 랭스 성당과 같은 건축물들이 파괴되고 바흐의 찬송가가 폐기되는 것을 의미한다면 당연히 주저할 것이다.

스미스는 스트라한에게 보낸 편지에서 죽음을 맞이하는 흄의 차분하고 초연한 자세를 칭송했지만, 이러한 죽음의 방식을 기독교인들은 불쾌하게 생각했다. 더불어 그가 임종 시에 이교도 풍자 작가인 루키아노스의 글을 읽은 일은 공격의 빌미가 됐고, 많은 친구들이 사후 변론을 해야 했다. 흄은 돈이나 권력이 있는 후원자들[19]에게 의탁하지 않았다. 그러나 처음에는 가족에게 침식을 의탁했고 좋은 친구

19 그의 저서 중 누구에게 헌정된 것은 『네 논문』 딱 하나이다. 「종교의 자연사」가 들어 있는 이 책은 처음부터 당시 장로교 교회의 박해를 받고 있었던 성직자이자 극작가인 존 홈에게 헌정한 것이다.

들도 필요로 했다. 진정한 회의론자답게 운명의 변덕에 초연하려고 노력했는데,『나의 생애』는 그가 낙담한 상황에서 줄기차게 되살아나는 모습을 잘 보여준다. 흄은 일찍이 "독립성을 온전히 유지하고 문제를 개선하는 것 외에 어떤 목표도 하찮게 여길 것"을 결심했다고 말한다. 그가 (1763년과 1767년 두 차례 시도 후 에든버러로 돌아왔지만) 1769년 최종 은퇴하여 에든버러로 돌아왔을 때에도, "풍족"했지만 "앞서 나의 역량을 실험했던 만큼 남은 능력으로 무엇을 생산할 수 있는지 시도해 보았다"라고 했다. 이것은 세속적인 부에 대한 가뿐한 초월이다. 그가 넉넉한 여력으로 해낸 한 가지는 새로 조성된 세인트 앤드루 광장의 훌륭한 집이었다. 또 하나는 조카들에게 그 애들의 아버지가 나인웰스 시절 흄을 도왔듯 재정 지원을 한 것이다.

흄은 자기 부류가 "젊고 경솔한 사람들"과도 어울렸다고 말하는데, 그의 조카들도 포함되었을 것이다. 비록 그중 하나가 "경솔한"이라는 꾸밈말이 맞는지 의문이다.(흄 남작의 형 조시는 별개의 문제지만.) 또한 흄은 길버트 엘리엇, 윌리엄 뮤어, 자식을 열셋이나 둔 하트퍼드 경 같은 친구의 자녀들도 이따금씩 만났다. 흄은 자신이 정숙한 여인들과의 교제를 즐겼던 것처럼 그 여인들도 자신과의 교제를 좋아했다고 말했다. 여성들 모두, 특히 파리 여성들은 생활양식으로 보나 겉치레로 보나 엄밀히 말하자면 수수한 것은 아니었다. 마지막 절에 일부 기록이 잘 정리되어 있다. 여기에는 흄이 친구들에 대해 말한 내용도 있고, 그중 몇은 이 장 첫머리에도 언급했듯 그를 변호해야 할 처지였다.

흄은 독립을 유지하면서 문필에만 집중하고 그 외의 것들을 한심하게 간주하기로 한다. 처음에 그는 책에 대한 반응을 기준으로 책의 가치를 쟀다. 『논고』를 "알리는 글"에서 내용 여하를 떠나 대중의 판단을 최우선으로 삼겠다고 말했다. 그러나 『영국사』 집필 및 출간 무렵, 특히 첫 권에 대해 형편없는 반응이 나오자 그는 자기 독자는 구제할 길 없는 편견 덩어리라고 생각하고 그때부터 대중의 의견에 "무감각"해졌다. 심지어는 "템스 강변의 야만인들"이라는 표현까지 등장한다. 그리고는 영국, 프랑스, 스코틀랜드, 미국의 유명 문인들과 잉글랜드의 기번을 비롯한 소수의 사람들만 믿게 되었다. 무릇 참 회의론자라면 명성이나 오명을 심각하게 받아들이지 않을 터, 흄도 자신의 문제를 나름 독자적으로 판단했다. 그러나 그는 로버트 애덤에게 자신의 무덤 설계를 맡기면서 "후대가 채울 자리를 남겨두고" 이름과 생몰 연대만 새기도록 했다. 흄은 후대가 자신을 호의적으로 평가할 것이라고 철석같이 믿고, 평판도 "날이 갈수록 빛날 것"이라고 확신했던 것 같다. 물론 흄의 철학적 견해, 역사적 판단, 심지어 성격까지 비판하는 사람들이 많았다. 조지 힐은 흄이 도덕적 용기가 부족해 자신의 종교관을 솔직하게 드러내지 않는다고 생각했으며, 철학자 테일러는 흄의 동시대인 제임스 밸푸어처럼 그에게는 "깊은 진지함"이 부족하며 젊은이들에게 나쁜 영향을 미친다고 생각했다. 그러나 오늘날 대학에서는 흄의 철학을 젊은이들에게 정규 과목으로 가르치고 있고, 또 회원 간의 친밀도가 높기로 유명한 흄 학회에는 젊은 회원이나 여성 회원도 많다. 1974년 창립 당시 27명이었던 회원 수가 이만큼 늘어난 것이다. 초기의 27명은 다 미국인이었는데, 현재 660명의 회원들은 전 세계에 분포하고 있다. 흄 사후 처음 100년은 『영국사』가 화두였다면, 요즘은 흄의 견해를 다룬 책들이 꼬리를 물고 나오고 있다. 철학 저널들을 보면 흄을 다룬 논문들을 종종 발견할 수 있다. 이 작은 책은 흄에 관한 책치고는 전기를 제외하면 다루는 폭이 넓은 편이다. 하지만 흄의 전기는 대체로 그의 견해를 다루지 않는다. 어떻게 보면 흄의 글은 곧 흄의 삶 또는 일생일대의 주요 관심사였다. 그러나 그 밖의 부분들, 즉 초창기의 법학 공부와 미출간 작가로서 고독하게 지낸 프랑스 시기나 유럽 여행 시기 등이 사실상 그의 글에 영향을 끼친 인자였다. 나는 이 얇은 책 안에 흄이 한 말을 씨줄 삼아 그의 생애와 작품을 한데 모으려 노력했다. 흄은 자신의 윤리 체계에서 미덕으로 여긴 쾌활하고 대담한 정신을 몸소 보여주었다. 에든버러에 있는 흄의 동상은 소크라테스 급의 용감하고 침착한 모습을 하고 있다. 끝마무리는 흄의 말로 하겠다.(그가 「좋아하는 것」에서 한 말)

늘 평정하면서 쾌활하고, 고결하면서 담대하고, 모든 이에게 온유하고 친절하면, 그런 마음이라면 누가 뭐라 하겠는가? 우울함으로 풀이 죽고 걱정으로 괴로워하고 분노로 짜증이 나고 저열한 비루함과 타락에 빠질 때보'다 더 기쁘고 활기찬 환희가 아니겠는가(E 277)

후기

나는 이 책 첫머리에서 흄 철학 전공자보다 더 많은 독자들이 흄의 지혜를 함께 했으면 한다고 말했다. 흄의 견해를 조금 요약해 보았다고 그를 다 알고 있다는 말은 하지 않겠다. 기적에 관한 소론에서 어느 것이 지혜이고 어느 것이 어리석은 것인지 독자들의 생각이 일치하는 것은 아니기 때문이다. 기적에 관한 소론은 앨프리드 테일러의 화를 돋웠는데, 결국 독창성이 고집에 추월당한 것 아니냐고 반문한다. 편집자 토머스 힐 그린은 흄의 경험주의 원칙이 적용 과정에서 불합리로 떨어졌다고 생각했다. 의지에 대한 흄의 결정론적인 관점은 그에게 동정적인 테렌스 페널름 같은 주석가들도 싫어한다. 이러한 사실들을 바라보는 눈이 하나라고 할 수는 없다. 흄 연구가들은 흄 자신보다 더 활발한 토론을 즐긴다. 『나의 생애』가 내가 부여한 정도의 권위가 있는지 문제 삼는 사람도 있다. 스튜어트는 이를 "중상"과 "수습책"으로 부른다. 흄이 루소와의 갑론을박에 대한 『간략한 진상 *Concise Account*』과 짓궂은 내용을 담은 『종 치는 사람의 청원 *The Bellman's Petition*』

등을 넣지 않은 정본(공인)의 맥락에서 『나의 생애』를 쓴 것은 맞다. 이렇게 흄은 공식 성과와 무관한 부분은 자서전에서 뺐다.

그러나 흄은 정본 완성 뒤(개정이 있기는 했지만)의 일, 즉 하트퍼드 경과 함께한 파리 시절, 콘웨이 장군과 함께한 런던 시절, 에든버러에서의 말년 등에 몇 쪽을 할애했다. 후대에는 저작 관련 사실보다 생애가 더 큰 관심사가 될 것을 알고 있었던 것이다. 그는 스스로 기술한 성격보다 더 격한 적도 이따금씩 있었기 때문에 성격을 약간 세탁한 것 같다. 그러나 여전히 『나의 생애』는 흄의 생애를 알 수 있는 적당한 책이며 흄이 자신을 어떻게 봤는지를 알려면 꼭 봐야 할 책이다. 그러나 그의 세세한 견해가 지혜로운지, 우둔한지에 대해서는 의견이 갈릴 수밖에 없다. 나는 지혜라고 하겠지만 이 책을 계기로 용기를 내서 흄을 읽고 나름의 판단에 도달한 독자들의 결정에 맡기겠다.

흄이 출발선에서 내디딘 혜안의 첫걸음은 최선의 삶을 규정하기 전에 인간이 어떤 동물인지 살피려 노력한 점이다. 물론 유신론자와 칸트철학 연구자는 인간을 "동물"이라고 규정한 것에 이의를 제기하겠지만, 흄이 사용한 이 용어는 유한한 인간의 운명을 부정적으로 여기지 않는 한 부정적인 의미는 없다. 『논고』에서 흄은 동물의 이성, 동물의 프라이드, 동물의 사랑, 동물의 동정을 보고 이러한 항목들이 인간에게는 어떻게 나타나는지 이해하려 했다. 그는 인간을 부모 자식의 끈이 가장 강한 포유류로 본다. 또 평화를 위해서는 법과 치안, 정부가 있어야 하는 공격적이고 탐욕스러운 동물로 본다. 하지만 인간은 정부가 있어도 서로 전쟁을 벌이는 존재다. 흄은 인간의 본성과 그로 인해 생기는 문제점들을 적나라하게 보여주며 정의에 대한 설명, 소론, 『영국사』 등에서 본성을 다스리는 관습의 여러 형태를 세심하게 살핀다. 「인간 본성의 고결함과 비천함에 대하여 *Of the Dignity and Meanness of Human Nature*」는 집단적인 자기혐오와 무익함을 이야기한다. 그가 자란 토양인 유신론의 관점은 인간을 불쌍한 죄인으로 간주하며, 그중 일부를 "선민"으로 여겼다. 흄은 젊은 시절 존엄과 원죄를 결합하는 시도를 부정했다. 그는 인간이나 다른 동물들이 죽는 것을 명백한 사실로 받아들이고 자신의 죽음에 대해서도 쾌할하게 접근했다. 원죄의 교리를 거부하되 인간의 행동이 잔인하고 이기적이며 탐욕스러울 수 있다는 점을 부정하지는 않았다.

흄은 인간이 빚어내는 악의 실상을 잘 알고 있다. 그러나 그는 광신자들이 잔인하고 무자비하며, 하느님의 징벌을 두려워하고 영원한 구원을 동경하며, 그들의 인격을 망가뜨리고 『대화』에서 말한 "옹졸한 이기심"을 조장해 성격이 나

빠진다고 생각했다. 그는 영혼은 불멸이며 인간은 신의 형상대로 지어졌다는 것을 부정하지만 인간에게 자랑스러운 업적이 있다는 것은 부정하지 않는다. 위대한 문학, 출판, 뉴턴의 과학, 좋은 정부 구성 방안, 법적 "자유 계획" 따위가 그렇다. 인간은 헤로도토스와 마찬가지로 자기 형상대로 신을 만들었고, 신에 대한 관념은 자기 안에서 발견한 최선을 무한 확장한 것으로 보았다. 말들이 신을 믿는다면 슈퍼말 super-horse이 되는 이치이다. 인간의 종교적 기질, 인간 본성에 잠재하는 선악, 인간의 유한함을 꿰뚫는 차분한 시선이 흄의 철학에서 내가 발견한 첫 번째 지혜이다.

두 번째 지혜는 불완전한 사회에서 살아가며 기꺼이 지역적 관습에 순응하는 것을 옹호한 점이다. 비록 기성종교의 기상천외한 관례라도 말이다. 그런 관습이 평화 공존을 유지해주고 지나치게 누군가를 억압하지 않는 선에서 더불어 사는 방법을 배워서 타인의 삶을 좀 더 편안하게 해주어야 한다는 생각이었다. 흄은 노예제도와 일부다처제 같은 관습에 반대했지만, 사실 노예제도와 열악한 노동조건, 아내를 소유물로 취급하는 것과 남편의 폭력을 명확하게 구분하는 것은 결코 쉬운 일이 아니다. 흄은 극심한 폭정만이 무력의 저항을 정당화한다고 생각하는 한편 여성들이 자신들의 사회적 조건을 개선하기 위해 스스로의 힘을 사용할 것을 장려했다. 모두가 공존하는 사회에서 개선해야 할 점을 명징하게 내다보고 폭력을 제외한 모든 방법으로 개선을 독려하는 자세가 그를 지혜로운 사회철학자로 만들었다고 생각한다. 흄은 루소와 달리 프랑스혁명을 정당화하는 어떤 글도 쓰지 않았다. 그러나 그의 글은 19세기 영국의 다양한 개혁 법안들과 20세기 여성 참정권의 근거가 됐다. 흄은 점진적 개혁과 사회악에 대한 비폭력 저항의 지지자였다. 그가 살아 있었더라면 대체로 비폭력적인 여성 참정권자들을 높이 평가했을 것이다. 흄은 여성의 본질적인 능력을 분명하게 알고 있었다. 여성은 누가 아이의 친부인지 안다는 점에서 우위에 있으며, 이 타고난 이점을 제거하는 순결 서약으로 인해 결혼에서의 지위는 열등하다는 것이다. 일반적으로 결혼을 하면 아내는 성적 자유를 포기하는 반면 남편은 아이의 아버지가 누구인지 확증하는 수단도 놓치지 않으면서 또 자녀들을 부양할 수 있는 범위 내에서 성적 자유도 누린다. 흄은 초기에 "사랑과 결혼"에 대한 소론을 썼다가 취소한 적이 있다. 애초에 결혼에 대한 찬사를 생각했지만, 실상을 알고 나니 찬사가 풍자가 될 것임을 깨달았기 때문이다. 실제로 그가 『논고』와 『이혼 소론』, 그리고 두 번째 『탐구』에 쓴 것은 결혼에 대한 풍자이다. 그래서 사회철학자들 앞에는 부부나 성인들의 장기적인 동반자 관계에서 불공평을 줄이는 과제가 놓여 있다.

또한 흄은 경제를 아는 사회철학자였다. 그는 문화가 경제 건전성에 의존한다는 것도 알았다. 무역, 화폐, 이자에 관한 소론들, 『영국사』의 영국 경제지표에는 후일 출간된 애덤 스미스의 『국부론』의 내용이 많이 나온다. 사회철학자가 경제를 이해한다는 것은 매우 훌륭한 일이지만 우리 모두가 흄처럼 박식한 사람이 될 수는 없다. 또한 흄은 역사철학가이기도 했다. 물론 철학이 주이고 역사는 그 뒤였다. 그러나 역사에 대한 놀라운 주석과 짧은 소론 「정부의 기원에 대하여 Of the Origin of Government」 이상의 역사서를 쓰지 않은 것이 아쉬울 뿐이다. 정부와 정의를 다룬 마지막 소론은 흄의 초기 사상, 적어도 정의에 관한 초기 사상을 상당 부분 수정한 것이다.

이성 혹은 오성이 감관 경험에 기초하고 정념에 복무한다고 보는 흄의 시각은 기능주의나 결합설 같은 사고에 대한 현대 이론의 선취이다. "정신의 지각은 이중적이다. 즉 인상이며 관념이다"라는 흄의 주장은 감각 지각의 내용이 어떤 것인지를 문제 삼은 것인데, 이는 인지적이면서 감각적이다. 오늘날 우리가 특질 qualia이라고 부르는 것이다. 우리는 감각 인상에서 정보나 개념 형태를 얻는데, 이런 정보나 개념보다는 감각 인상에 더 많은 것이 담겨 있기 마련이다. 흄은 인지과학의 선구자였다. 오늘날의 기능주의자들은 믿음을 목적에 복무하며, 경험한 것에서 목적의 내용을 끌어내어 이 목적이 성공적인 행동에 기여토록 하는 것으로 이해하는데, 이는 흄의 견해와 비슷하다. 그는 사고에서 언어의 역할을 크게 다루지는 않았지만 상대의 얼굴과 몸짓을 읽고 공감하는 능력을 강조했다.

흄은 최근에 발견된 거울 뉴런[20]을 선취하고 있다. 타인의 표정을 볼 때 내 안에 즉각적인 느낌을 바탕으로 타인이 무엇을 느끼는지 "미리 감지"한다는 것이다. 그렇기 때문에 말로 내 감정을 전달할 필요가 없다는 것이다. 이러한 표현 능력은 다른 동물들도 가지고 있다. 흄의 글을 읽고 그를 경외한 다윈은 이 능력을 다룬 『동물과 인간의 감정 표현 *The Expression of the Emotions in Animals and Man*』(1872)을 썼다. 흄이 말하는 언어의 중요성은 사회 관습의 수용, 약속과 같은 상호 간의 언질에 있다. 이를 신용의 확대를 가져오는 위대한 발명으로 본다. 물품이나 용역을 지금 바로 이전하는 데서 미래에 전하는 것으로 넓힐 수 있다는 것이다. 흄의 관점에서 보면 언어는 사고 과정에 필요가 없지만(다른 동물들이

---

20 mirror neuron: 타인의 행동을 보거나 듣기만 해도 반응하는 뉴런이 있다는 것.

경험을 통해 인과 추론을 할 수 있다고 전제하에) 능력 및 협조 능력을 넓혀주는 것이다. 훗날 니체는 약속을 중요시했던 흄의 관점을 받아들였다. 오늘날 신용에 관심이 있는 사람들은 흄을 사회와 개인에서 신용이 축이 된다고 본 사람으로 재평가한다. 존 롤스는 "자연 신앙주의[21]"를 흄의 업적으로 돌린다. 인간에게는 충분한 능력이 있고, 천부의 미덕이 있을 뿐만 아니라, 인위적으로 미덕을 만들어 미덕의 영역을 넓힐 수도 있다는 믿음이다. 흄에 따르면 인간은 생생한 감각적 인상이 세상에 대한 앎을 준다고 본능적으로 신뢰하는 존재이다. 적어도 철학이 등장해서 우리를 회의론으로 인도하기 전까지는 그렇다. 또 아이는 "도움이 필요한 긴 유년기"에 부모, 교사, 친구를 본능적으로 신뢰하는 존재임을 강조했다. 흄은 상호 믿음 때문에 관습이나 사회적 합의를 중요하게 생각했다. 또 계약 같은 인위적 장치도 중요시했다. 지도나 역사책 같은 정보원을 믿을 수 있는 것도 일종의 계약 때문이다. 그는 율리우스 시저에 대해 자신이 믿는 사실들을 예로 든다. 여기에서 그는 오랜 세월 이어져 내려온 증언들을 신뢰하고 "출판인과 복사자의 진실함"을 신뢰했다(T

---

21 fideism: 종교적 진리는 이성이 아닌 신앙에 기초한다고 보는 입장

146). 만약 흄이 살아 있다면 위키피디아와 구글의 신뢰성을 논할 수 있는 오늘날이 얼마나 좋은 때가 될까.

이 책 2장에서 나온 사회 관습에 대한 발군의 설명도 흄의 지혜로운 가르침에 넣어야 한다. 사회 관습처럼 대체적인 합의에 다다라 효력이 발생되면 지극히 인상적인 상호 신뢰가 나타난다. 이때 인간의 표현 능력도 드러나고, 협동 능력도 드러난다. 공동 이익에 대한 이해와 의향을 표현해서 알려야 하고, 같이 협력해서 또 다른 사람과 또 다른 신뢰를 만들어 나가야 하는 것이다. 그런 점에서 관습과 협동에 관한 글을 쓴 데이비드 루이스나 러셀 하딘 같은 후대 저자들은 흄을 시조로 모신다.

마지막으로 언급할 흄의 지혜는 그의 "진정한 회의론"이다. 흄은 '말한 대로' 믿을 것을 요구하는 복음 진리 같은 논란이 많은 문제들을 다루지 않았다. 흄은 뚜렷한 관점과 선호가 있었지만 다른 사람들이 자신의 생각을 강요하지 않는 한 그들을 용인했다. 그의 사후에 출간된 「영혼의 불멸 *The Immortality of the Soul*」은 영혼 불멸을 믿을 만한 근거가 없음을 명확하게 말하고 있다. 그렇다고 영혼 불멸이 틀리다는 근거도 없기 때문에 그는 다만 영혼 불멸을 부인하는 나름의 이유를 열거하고 신앙고백은 어느 정도 위선과 같이 간다고 하더라도 그러한 교리를 옹호하는 사람을 바보나 위선자라고 부르지는 않는다. 그의 정신론에서 보듯 그의 관점들도 확고한 증거가 없을지도 모른다. 그래서 그가 공표한 회의론과 그가 취한 자연주의 "인간학" 사이에는 조금 안 맞는 구석이 있는지도 모른다.

흄은 자기가 쓴 글을 선뜻 재고해서 때로는 고치기도 하고 철회하기도 했다. 그는 『논고』 첫머리에서 독자의 판단을 최우선으로 삼겠다고 밝혔다. 또 그는 불신자였지만 무신론을 설파하지는 않았다. 애덤 스미스가 윌리엄 스트라한에게 보낸 유명한 『추도사 *Funeral Oration*』는 『나의 생애』와 나란히 출간되었는데, 그 끝은 이렇다. "나는 흄의 생전이나 사후에나 그를 완전한 인간 본연의 허약함 안에서 지혜와 덕의 화신에 근접한 사람으로 여겼다." 이는 절대 심판자를 믿었고, 무신론 『자연 종교에 관한 대화』에 연루되기를 원치 않았던 흄의 친구 입에서 나온 말이다. 흄은 믿음이 있는 유명 인사들을 친구로 둔 유명한 불신자였다. 그러나 그는 자신과 생각이 같은지를 따지지 않고 우정 자체를 소중하게 여겼다. 너무나도 지혜로운 그의 말로 이 책을 끝맺고자 한다. "사랑과 우정을 파괴하라. 그러고 나면 세상에 받아들일 만한 가치가 무엇이 남겠는가?"

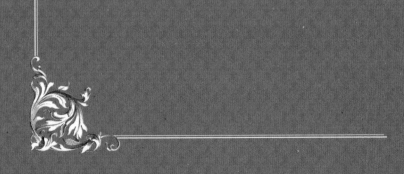

참고 문헌

(서문에서 언급하지 않은 참고 문헌)

Berkeley, George. *A Treatise Concerning the Principles of Human Knowledge*. Dublin: Aaron Rhames for Jeremy Pepyat, 1710. 버클리의 이 책과 그 밖의 책들은 Everyman edition, edited by Michael Ayers(London: Dent, 1985)에 있음. 버클리의 견해 가운데 추상적 개념에 관한 것과 물질적인 것들의 존재에 대한 우리의 증거에 관한 것이 흄에게 영향을 끼쳤다.

Burton, John Hill. *Life and Correspondence of David Hume*, 2 vols. Edinburgh: W. Tait, 1846. 이것은 흄의 생애 후반에 관한 내용이고, 전반에 관한 내용은 리치의 저서에 있다.

Capaldi, Nicholas. *The Philosophy of David Hume*. Boston: Twayne Publishers, 1975. 흄의 생애에 일어난 사건들에 대한 연표가 첨부된 흄의 철학적 사고에 관한 책이다.

Graham, Roderick. *The Great Infidel: A Life of David Hume*. East Linton, Scotland: Tuckwell Press, 2004; paperback ed., Edinburgh: Birlinn Press, 2006. 흄의 생애를 생동감 있게 묘사한 책이다.

Greig, J.Y.T. *David Hume*. London: Jonathan Cape, 1931. Reprint, Oxford: Oxford University Press, 1983. 흄의 편지를 바탕으로 생애를 보여주는 책이지만, 흄의 사고에 관해서는 다루지 않는다.

Hill, George Birkbeck. *Letters of David Hume to William Strahan.* Oxford: Clarendon Press, 1888. 흄이 말년에 출판인들에게 보낸 편지들을 수록했다.

Huxley, Thomas Henry. *Hume, with Helps to the Study of Berkeley.* New York: D. Appleton, 1897. 다윈의 "불독", 헉슬리는 흄이 설명한 인간 본성과 동물 본성의 관계를 혁신적이라고 극찬했다.

Knight, William. *Hume.* London: Kennikat Press, 1886. 흄 철학에 대한 일반적인 입문서이다.

Merrill, Kenneth. *The A-Z of Hume's Philosophy.* Lanham, MD: Rowman and Littlefield, 2010. 흄 철학의 주요 주제들을 다뤘다.

Mossner, Ernest C. *The Life of David Hume,* 2nd ed. Oxford: Clarendon Press, 1980. 흄의 생애를 다룬 가장 완벽한 영어 저작이다. 그레이그와 같이 모스너도 문인으로서 흄의 사고를 일부 전하고 있지만, 우리는 흄의 일대기에 관심을 갖게 된다. 모스너는 서문에서 흄을 "두드러진 인물"이라고 적었다.

Orr, James. *David Hume, and His Influence on Philosophy and Theology.* New York: Scribner's, 1903. 신학자로서의 오어는 흄의 견해에 동의하지 않지만, 인간으로서의 흄에게 연민을 가지고 있다.

Price, J.V. *David Hume.* Boston: Twayne Publishers, 1968; updated ed. 1991. 프라이스는 흄을 문필가로 대우하며 흄의 모든 글과 양식에 관해 이야기한다. 그는 *The Ironic Hume*(Austin: University of Texas Press, 1965)이라는 책도 출간했다.

Price, Richard. *A Review of the Principal Questions and Difficulties of Morals.* 1758, later editions 1769 and 1787. 3판에서는 제목을 *A Review of the*

*Principal Questions of Morals*라고 줄였고, D.D. Raphael(Oxford: Clarendon Press, 1948)이 편집한 현대 판형에서도 줄인 제목을 사용했다.

Ritchie, Thomas Edward. *An Account of the Life and Writings of David Hume, Esq.* London: T. Cadell and W. Davies, 1909; reprint, Bristol: Thoemmes, 1990. 흄의 서신 일부와 논문 여러 편을 실었다.

Smellie, William. *Literary and Characteristical Lives of John Gregory, M.D., Henry Home, Lord Kames, David Hume, Esq., and Adam Smith, L.L.D.* Edinburgh: A. Smellie, 1800. 스멜리는 인쇄업자이자 이 책에 언급된 케임즈 경의 친구였다.

Stephen, Sir Leslie. *English Thought in the Eighteenth Century*, 2 vols. London: Smith Elder and Company, 1881. 스티븐은 제1권 6장에서 흄에 관한 글로 40쪽을 충당하였으며, 흄의 종교적 믿음에 대한 도전을 언급했다.

Streminger, Gerhardt. *David Hume, Sein Leben und Sein Werk*. Paderborn: Ferdinand Schöningh, 1994. 지금까지 출간된 책들 가운데 흄의 생애, 그의 시대와 저작을 가장 완전하고 풍부하게 묘사한 책이다. 아직 영어로 번역되지는 않았다.

더 읽을 책

Árdal, Páll. *Passion and Value in Hume's Treatise*. Edinburgh: Edinburgh University Press, 1966. 제1권은 『논고』의 중요성, 제2권은 『논고』 2권을, 제3권은 『논고』 3권을 조명했다.

Ayer, Alfred Jules. *Hume: A Very Short Introduction*. Oxford: Oxford University Press, 2000. 흄의 영향을 받은 철학자가 흄에 관해 쓴 작은 보석 같은 책이다.

Baier, Annette C. *A Progress of Sentiments: Reflections on Hume's Treatise*. Cambridge, MA: Harvard University Press, 1991. 이 책은 『논고』의 통일성을 보여 준다.

Fogelin, Robert J. *Hume's Skepticism in the Treatise of Human Nature*. London: Routledge&Kegan Paul, 1985; and *Hume's Skeptical Crisis: A Textual Study*. Oxford: Oxford University Press, 2009. 흄의 사고에 있어서의 회의적 중압감을 다룬 훌륭한 책이다.

Garrett, Don. *Cognition and Commitment in Hume's Philosophy*. New York: Oxford University Press, 1997. 흄의 철학적 사고에 관한 영향력 있는 이야기를 담고 있다.

Laird, John. *Hume's Philosophy of Human Nature*. London: Methuen, 1932. 흄의 철학을 조심스럽고 균형 있게 다룬 책이다.

Loeb, Louis E. *Stability and Justification in Hume's Treatise*. Oxford: Oxford University Press, 2002. 러브는 『논고』 1권에서의 믿음의 정당화에

관한 흄의 견해에 동조한다.

Mackie, J.L. *Hume's Moral Theory*. London: Routledge&Kegan Paul, 1980. 흄과 흄 이전 철학자들의 도덕 이론을 다룬 책이다.

MacNabb, D.I.C. *David Hume, His Theory of Knowledge and Morality*. London: Hutchinson's University Library, 1951. 훌륭한 소개서이다.

Passmore, J.A. *Hume's Intentions*. Cambridge: Cambridge University Press, 1952. 흄의 사고의 몇 가닥을 성공적으로 설명한 책이다.

Penelhum, Terence. *Themes in Hume: Self, Will, Religion*. Oxford: Oxford University Press, 2003. 매번 흄의 사상에 이의를 제기해온 저자는 흄의 몇몇 견해를 체계적으로 소개하고 있다.

Rawls, John. *Lectures on the History of Moral Philosophy*, edited by Barbara Herman. Cambridge, MA: Harvard University Press, 2000. 롤스는 흄의 도덕철학을 다루면서 특히 정의에 관한 흄의 논리가 지닌 진가를 이해했다.

Russell, Paul. *The Riddle of Hume's Treatise: Skepticism, Naturalism, and Irreligion*. Oxford: Oxford University Press, 2008. 무종교가 『논고』에 어떻게 침투했는가를 보여 준다.

Smith, Norman Kemp. *The Philosophy of David Hume*. London: MacMillan, 1941. 흄이 프랜시스 허치슨(1694-1746)의 영향을 받았음을 강조하며, 흄의 선천적 믿음의 이론을 다루고 있다.

Stroud, Barry. *Hume*. London: Routledge&Kegan Paul, 1977. 흄의 주요 개념들을 철학적으로 사유하며 흄의 회의주의를 파헤친다.

인명 색인